DIAGNÓSTICO MÉDICO POR EL PULSO® (MPD®)

ROBERT DOANE, L.Ac.

MARCUS GADAU, Ph.D.

Fundamentos de la Medicina China Diagnóstico Médico por el Pulso (MPD®)
Segunda edición, publicado 2019

Autor Robert K. Doane
Ilustraciones del pulso por Stephanie Parcus
Copyright ©2019, Lucky Falcon LLC, Todos los Derechos Reservados

SOFTCOVER ISBN: 978-1-942661-32-0
HARD COVER ISBN: 978-1-942661-33-7

Publicado por Lucky Falcon, LLC en cooperación con Kitsap Publishing
Para más información sobre el autor y MPD®, diríjase a www.doane.us
Para más información sobre ediciones, visite www.KitsapPublishing.com

Contenidos

Un libro brillante para principiantes en diagnóstico por el pulso

"Este libro es uno de los mejores que he leído para principiantes en el arte del diagnóstico por el pulso. Dicho esto, hay mucha nueva información también para aquellos con experiencia previa. Hay muchas particularidades buenas en este libro pero la que me gustó fue la de la estrategia de tratamiento para pulsos patológicos. En vez de detallar cada planta o punto o combinaciones para usar esta estrategia, habla en términos generales o estrategias. Por ejemplo, si el pulso revela un Estancamiento de Sangre con Deficiencia de Qi y Sangre, entonces la estrategia de tratamiento es vigorizar la sangre un 70-80% más tonificar y nutrir sangre un 20-30%. Esto le da al lector o profesional muchas opciones a emplear tanto con acupuntura/plantas/nutrición, etc. Tal información se puede aplicar usando otras terapias incluyendo la fitoterapia occidental y naturopatía. De hecho, aunque este libro está principalmente dirigido para el mercado de la medicina china, podría usarse fácilmente por otros profesionales tales como médicos, fisioterapeutas, etc. Una vez tienes los principios para la estrategia, las posibilidades de tratamiento son infinitas. En resumen, una lectura obligada para todos los terapeutas!!"

~ Peter Farnsworth

MPD ha revolucionado mi consulta

"Un libro esencial para cualquiera que quiera dominar el diagnóstico por el pulso. Este enfoque sistemático es claro y fácil de seguir. MPD ha revolucionado mi consulta. 100% práctico y aplicable a la práctica clínica del mundo real, más que lo que nos enseñan en la escuela. Me gusta como libro de cabecera por los porcentajes de los principios de tratamiento para cada pulso patológico. Muestra en detalle las posiciones del pulso para no confundirse.

Aunque no es un libro con consejos de fitoterapia, Bob es extremadamente generoso con los detalles de plantas y consejos en Doane. us y la página de Facebook de DNA/MPD. ¡Tras tener el libro, practica y coge pulsos para confirmar! Una auténtica revolución en nuestra medicina."

~ John F

Escrito por profesionales para profesionales. Me encanta.

"Este es un libro de gran calidad y claridad. Los gráficos son geniales y están respaldados por el texto. No tienes que ir saltando por las páginas para encontrar a qué gráfico se refiere. Está claro que está pensado para la experiencia final del usuario. Está escrito con inteligencia y es aplicable en consulta. Uso este método a diario en mi consulta. Es la primera vez que siento que tengo un buen entendimiento del diagnóstico por el pulso que tiene sentido en MTC & medicina occidental."

~ Sinead Dee

Claro y Conciso

"!Éste estilo de diagnóstico por el pulso tiene mucho sentido! Tras leer el libro puedes aplicar al momento la toma del pulso en tu clínica. Los dibujos y descripciones son claros y concisos. El libro es simple, pero necesitas leerlo varias veces y seguir practicando con cada persona que veas.

He estado usando éste método de diagnóstico por el pulso desde el año pasado. Ha sido muy útil en la clínica. He estado en los talleres de Jimmy Chang y Bob Doane, y recomiendo con creces aprender de ellos directamente."

~ Michael

¡UN LIBRO FUNDAMENTAL para el terapeuta!

"Al fin un libro conciso sobre cómo tomar el pulso correctamente. Éstas son las habilidades más importantes para cualquier acupuntor y este libro hace que sea fácil estudiar, practicar y utilizar el sistema de pulso de la medicina china en tu consulta. ¡No puedo esperar a la siguiente edición que incluye plantas para tratar estos pulsos!"

~ KL

Ver y Aprender es Creer

"Ver al equipo de Bob llevar tanto a cabo y ser tan precisos es suficiente para hacer a cualquiera creyente. A través de años de aprendizaje de diferentes fuentes, Bob ha perfeccionado su método DNA hasta ser el mejor. Bob enseña su método por todo el mundo y educa a muchos estudiantes. La precisión que he visto con los años es increíble no solo para mí sino para todos los que han sido testigos. Y luego ser capaz de diagnosticar un programa de tratamiento que produzca los mejores resultados. Gracias, Bob, por todo lo que has hecho y continúas haciendo por la industria."

~ Tom Taylor, Profesional de Marketing

Aprende diagnóstico por el pulso a otro nivel, altamente recomendable

"Claro y conciso, al mismo tiempo. ¡Una gran referencia para aprender un sistema de diagnóstico por el pulso efectivo en un formato digerible! Altamente recomendable."

~ **Anónimo**

Comentarios de los Traductores

"Empecé a estudiar medicina china en el 2003 y desde entonces ha sido un no parar de clases, viajes, maestros y enseñanzas. Sin embargo, el pulso chino siempre fue la pieza ausente del puzzle. Estoy en deuda infinita con Robert Doane por haberme enseñado este arte y presentarlo de manera fácil, lógica y concisa. Con un poco de práctica, y una vez memorizada la teoría, la curva del aprendizaje del pulso se torna cada vez más rápida y certera para el alumno. El practicante se maravillará de la tremenda herramienta diagnóstica que se abre ante él. De hecho, no existe la MTC sin pulso. Agradezco una vez más a Robert Doane su dedicación infinita en la transmisión de este arte, y que ahora puedes aprender su base teórica a través de estas páginas."

~ **Jason Smith Zamaria**

"El placer de traducir éste libro es proporcional al incalculable conocimiento que éste proporciona. Puedo decir con total seguridad que los hispanohablantes van a poder tener el gusto de saber la teoría del diagnóstico por el pulso e inmediatamente ponerlo en práctica.

Se acabó pensar que el diagnóstico por el pulso es algo relegado a aquellos con algún tipo de don. No hay habilidad que llegue sin esfuerzo y práctica. Leed, practicad y repetid.

He aquí la joya de la corona de la medicina china; Doane comprime más de 25 años de experiencia en esta pequeña obra de arte y nos hace partícipes de ello. ¡Disfrutad!"

~ **Javier Santiago del Río**

Reconocimientos

Reconocimiento al Dr. Zhang Wei Yan (Jimmy Chang), O.M.D.
Ante todo, debo dar las gracias a mi gran profesor de diagnostico por el pulso, el Dr. Zhang Wei Yan. Su percepción única y enseñanza apasionada de esta medicina me dieron las herramientas necesarias para practicar la Medicina China en toda su potencialidad. Mientras que mis descubrimientos y perspectiva sobre el diagnóstico por el pulso han sido únicamente míos durante los últimos años, parte del material de estas páginas que siguen es una variación de su enfoque. Su enseñanza ha inspirado a una generación de profesionales a aprender diagnóstico chino por el pulso y mejorar así considerablemente el cuidado del paciente.

Gracias al Dr. Hubert Heinrichs, M.D.
Muchas gracias al Dr. Heinrichs por su contribución. Es un médico con gran experiencia y un experto en el método MPD. Su edición y aportación fueron de gran valor a la hora de crear este libro. Estoy en deuda con él.

Gracias a Marcus Gadau, Ph.D.
Más que nadie, Marcus Gadau ha sido determinante en el perfeccionamiento y en la difusión de la enseñanza de MPD tanto en EE.UU como en Europa. Ha trabajado sin descanso para explicar nuestro método, desde de la variedad de contenidos disponibles en www.doane.us, hasta la concepción y desarrollo de este libro. Es un honor tener a un profesional y conocedor de su calibre entre mis más leales alumnos y apreciados colegas.

Gracias a Adi Korman, L.Ac.
Adi Korman es responsable de la edición final y del tono general profesional del libro. Adi fue residente en mi clínica durante 2 años. Actualmente trabaja para Modern Acupuncture en Scottsdale, Arizona.

Gracias a Hayden Hennington, L.A.c
Me gustaría agradecer especialmente a Hayden Hennington por organizar los primeros capítulos de este libro. Hayden es un profesional experto de MPD y ha trabajado entre bastidores como organizador para hacer posible la publicación de este libro.

Prólogo

Es un tremendo honor para mí escribir el prólogo de este libro. Bob y yo nos conocimos por primera vez hace diecisiete años en un seminario de acupuntura. Desde ese primer encuentro, me quedé impresionado con su explicación sobre cómo funciona la acupuntura al estimular diferentes tipos de fibras nerviosas, el tracto espinotalámico y otras vías. Como médico formado en medicina occidental, nunca pensé en trasladar la fisiología actual y la neurociencia al campo de la MTC. En cambio, siempre tuve claros los conceptos de Qi, meridianos, cinco elementos, etc. Con el mismo enfoque innovador, integrador y progresista, Bob ha aprendido y reanalizado el diagnóstico por el pulso de la MTC, convirtiéndose en un maestro profesional y un profesor de referencia mundial en este campo.

Hay una inclinación de los profesionales de la medicina alopática, naturopática, quiropráctica e integrativa acerca de dar medicamentos con receta o recomendar suplementos nutricionales en base al diagnóstico de los pacientes y/o quejas subjetivas. Este enfoque es visto por varios como "dar la pastilla adecuada al enfermo". Por ejemplo, con quejas estomacales, los inhibidores de la bomba de protones (IBP) tales como Nexium o Prilosec son prescritos con frecuencia, pero no todos los pacientes se benefician de los IBP. Si el pulso en el Guan derecho es débil, la implicación clínica sería que no hay hiperactividad o inflamación aguda, y al paciente hay que tratarlo con plantas que tonifiquen el digestivo. Fue algo difícil para mí comprender el concepto de "trata el pulso, sin importar el diagnóstico" al principio. Sin embargo, ahora entiendo completamente la sabiduría de esa frase. Ahora uso el diagnóstico por el pulso para guiar mis tratamientos de fitoterapia y he visto resultados espectaculares durante varios años. Como ejemplo, al volver a Taiwan, cuando los pacientes se quejan de fatiga, suelen esperar de los terapeutas de medicina china alguna planta que potencie su Qi. Si el profesional no es hábil en el diagnóstico por el pulso y hace lo que el paciente pide, el resultado podría ser nocivo, y resultar en una presión sanguínea extremadamente alta o en un alto riesgo de derrame.

He hecho varios viajes a la clínica de Bob y asistido a sus talleres y webinars en los últimos años. Bob ha mejorado sus materiales didácticos, y éste libro representa la más nueva e ilustrativa versión que sintetiza su conocimiento y experiencia en este campo. Debería ser fácil para los lectores apreciar los diferentes tipos de pulsos en diferentes posiciones gracias a las excelentes representaciones gráficas. Con el esfuerzo de Bob y la aparición de este manual de diagnóstico por el pulso, los profesionales de la MTC estarán en un nivel más alto de experiencia. La diferenciación de síndromes por fin es fácil. Los pacientes mejoran, y la seguridad y la satisfacción profesional del practicante mejora.

Cuando trabajo como profesor de oncología en clínica oncológicas, suelo enseñarles cómo leer los pulsos de los pacientes y como usar el modelo del pulso como una guía rápida y útil con respecto a la constitución del cuerpo de alguien. Es para mí un sueño que algún día el diagnóstico por el pulso que Bob enseña se convierta en parte del diagnóstico enseñado en cada escuela de medicina de EE.UU. En tanto que todo el campo médico está reemplazando rápidamente la palpación, percusión y auscultación por test sanguíneos y estudios de imagen, los médicos deberían mantener algunas habilidades diagnósticas manuales sencillas pero precisas tales como el diagnostico médico chino por el pulso.

Confucio recordó una vez a sus discípulos que, si no trabajaban mucho y olvidaban cómo llevar a cabo los rituales ceremoniales, podían ir a otros países a aprender en un futuro. Diré lo mismo a los doctores de MTC en Taiwan y China. Si no estudian mucho y desconocen el diagnóstico por el pulso, quizás algún día deban ir a Poulsbo, Wahshington, EE.UU a aprender de Bob.

Peter Sheng, M.D. O.M.D.
Profesor Clínico (Voluntario)
División de Hematología – Oncología
Universidad de Cincinnati. Escuela Médica de
Cincinnati, OH.
U.S.A.

Prefacio

Estás practicando un sistema médico honorable, valioso y milenario, tan importante ahora como lo fue hace dos mil años. Has invertido años de tu vida en amplios recursos para aprender cómo usar esta medicina para ayudar a gente y crearte una profesión satisfactoria. Como foráneo en la dominante comunidad médica, tus habilidades al usar esta medicina (y no tus títulos) determinarán tu éxito. Esta habilidad y otros detalles de tu práctica también influencian el alcance del entendimiento, seguridad y efectividad en el auge de esta medicina. Ésta es una enorme tarea que requiere una cantidad tremenda de conocimiento, orientación y sentido. Y, por desgracia, muchos profesionales de esta medicina están fracasando. No son capaces de mantenerse económicamente con su práctica porque no pueden producir resultados previsibles y repetidamente positivos en sus pacientes.

Detente ahora mismo y pregúntate: "¿Cumplen mis resultados clínicos con el potencial que sé que existe dentro de esta medicina? ¿Se benefician mis pacientes de esta habilidad médica única para recuperar su función saludable?"

Si la respuesta sincera a estas preguntas es "NO", no desesperes. No estás solo, y hay una solución. En las siguientes páginas, describo un método certero, eficaz, y demostrado, para un diagnóstico rápido y un tratamiento efectivo (como veremos en el volumen dos aún por publicar) casi para cada paciente que entre en tu clínica. Este método está basado en la teoría médica china, pero abarcando la dificultad de los pacientes de hoy en día y un entendimiento actual de la fisiología del cuerpo. Sé que este sistema funciona porque lo he usado con cientos y miles de pacientes que visitan una de las clínicas de medicina china más concurridas de los Estados Unidos durante los últimos veinte años. Creo humildemente que es el sistema de diagnóstico por el pulso más efectivo enseñado en el mundo a día de hoy, y cada año, comparto este conocimiento con los profesionales de medicina china y médicos en docenas de países alrededor del mundo. Por primera vez, presento el método MPD en un libro para que llegue a todos los profesionales que lo necesiten. Tanto si te estás iniciando en Medicina China o buscando una práctica avanzada, las herramientas de este libro elevarán tu uso de la medina china al nivel que merece.

Robert Doane, L.Ac., 2018

Introducción

Está claro que la mayoría de los profesionales de medicina china carecen de confianza en su habilidad para diagnosticar correctamente y tratar las enfermedades de los pacientes en el entorno clínico. Para la mayoría, esto no se debe a la falta de inteligencia o motivación, sino más bien al enfoque educacional que desarrolla de manera escasa las habilidades diagnósticas necesarias para navegar por los complejos casos clínicos. Los estudiantes que se forman en medicina china aprenden las habilidades del diagnóstico tradicional como preguntar, ver, escuchar y palpar. El entrenamiento convencional implica que la información recogida por cada uno de los diagnósticos clínicos conducirá a un único diagnóstico diferencial. En la práctica clínica, estas investigaciones específicas del diagnóstico suelen entrar en conflicto entre sí, y el matiz requerido para un tratamiento efectivo se pierde en conclusiones que están demasiado generalizadas (ej: "un pulso débil"). El profesional está sobrecargado con teoría y recursos para un abordaje clínico ineficiente al centrarse en los síntomas de los pacientes. Este enfoque es uno de los principales obstáculos para un diagnóstico y tratamiento clínico efectivo. Todos los profesionales necesitan de habilidades diagnósticas efectivas para navegar en el ámbito clínico y tratar casos clínicos complejos. Con una práctica dedicada, el Diagnóstico Médico por el Pulso (MPD) incrementará rápidamente tu capacidad y éxito en el campo de la medicina china.

Una enorme cantidad de información diagnóstica se recoge a través de un correcto diagnóstico por el pulso. La práctica del diagnóstico por el pulso se emplea de manera superflua para verificar un diagnóstico predeterminado, o se ignora en favor de otros elementos diagnósticos. Muchos profesionales han creído que dominar el diagnóstico por el pulso requiere décadas de aprendizaje o incluso la dotación de un conocimiento místico y esotérico. Otros profesionales dedicados se pierden en la incompleta y desorganizada literatura histórica que muestra dibujos de pulsos aislados sin una conexión clara con el tratamiento. Otros expertos especializados en el diagnóstico han desarrollado la habilidad de deducir patologías, pero carecen de métodos clínicamente efectivos para tratar estos hallazgos del pulso. El diagnóstico por el pulso y los tratamientos efectivos pueden aprenderse e implementarse sistemáticamente. Tras muchos años de aprendizaje y mejora gracias a las experiencias de un volumen alto de práctica clínica, estoy compartiendo lo que creo que es el sistema de diagnóstico por el pulso más efectivo.

En este libro, compartiré los detalles precisos de mi propio sistema para determinar el diagnóstico del estado del paciente. Os enseñaré cómo desarrollar la sensibilidad táctil así como la lógica sistemática que guiará un diagnóstico por el pulso correcto y un cuidado del paciente efectivo.

Los siguientes libros se centrarán minuciosamente en las estrategias terapéuticas precisas y las prescripciones de fitoterapia usadas clínicamente para abordar cada tipo de pulso. El enfoque principal se centrará en la supervisión continua de casos clínicos necesarios para una resolución máxima a largo plazo. Este texto sirve a todos los profesionales de la medicina china y aporta un valor clínico para cualquier profesional del cuidado biomédico de la salud que busque perspectivas palpables en el estado de los pacientes. Estos métodos han producido una precisión diagnóstica con respecto a la salud de más de 30.000 pacientes y 500.000 visitas de pacientes durante los últimos veinte años. Mi objetivo es prestar este mismo nivel de experiencia diagnóstica a tu práctica clínica y tus pacientes.

Objetivos del Volumen I de MPD

1. Aprender la posición del pulso MPD para un diagnóstico por el pulso fiable

2. Aprender las localizaciones de todas las posiciones del pulso MPD

3. Aprender las correspondencias anatómicas de todas las posiciones del pulso MPD

4. Aprender la presentación del pulso saludable para cada posición del pulso MPD

5. Aprende las cinco Profundidades del pulso

6. Aprender los pulsos patológicos Altos y patológicos Bajos

7. Aprender los pulsos patológicos Fuertes y patológicos Sin Fuerza

8. Aprender los pulsos patológicos Gruesos y patológicos Delgados

9. Aprender los pulsos patológicos basados en la combinación de Forma, Profundidad, Fuerza y Anchura

10. Aprender las estrategias terapéuticas para cada combinación de pulso patológico

I

Breve Historia del Diagnóstico Chino por el Pulso

Como con muchos aspectos de la medicina china, los detalles del desarrollo del diagnóstico por el pulso están oscurecidos por su larga historia y registros escritos incompletos. Muchos textos fuente simplemente no llegaron hasta el siglo 20, tal y como se referencia en varias obras, siendo desconocidos para el lector occidental (Hammer, 2016). Del mismo modo, la confianza histórica sobre la educación vivencial y el uso de herramientas lingüísticas (tales como canciones o poemas) en favor de un registro escrito completo, deja solamente un panorama parcial del descubrimiento y uso histórico de esta herramienta. Las primeras referencias históricas llevan al diagnóstico por el pulso al siglo 5 A.C y a las prácticas de un médico llamado Bian Que, aunque ninguno de sus trabajos se conserva (Hsu, 2010). Empezando con el Huang Di Nei Jing y prolongándose los dos últimos milenios, ha habido un ciclo de marco de trabajo sobre el pulso que puede tanto proporcionar o discrepar con los trabajos previos. Desde ahí, la visión habitual de la MTC del diagnóstico por el pulso cambió. Aunque el sistema MPD se desvía considerablemente de esta práctica habitual, es beneficioso entender las extensas crónicas de la historia literaria. Lo que viene a continuación es un repaso de estos importantes trabajos y su contribución al diagnóstico por el pulso, así como las prácticas actuales que han influenciado el desarrollo del MPD.

Huang Di Nei Jing (黃帝内經) [Canon Interno del Emperador Amarillo]

El Huang Di Nei Jing [Canon Interno del Emperador Amarillo], compilado entre el 100-300 A.C, describe la circulación de la sangre (Xue) y el aire vital (Qi) por todo el cuerpo. Define el pulso normal como un ritmo de pulso de 4 latidos por ciclo respiratorio, con ritmos de pulso por encima o debajo de este nivel que definiría la patología. El pulso se usa junto con el color facial para evaluar la gravedad de la patología, especialmente la muerte o la capacidad de recuperación (Darmananda, 2000). Se describieron diferentes zonas de toma del pulso en la cabeza, cuello y extremidades, obtenido posiblemente de las diferentes prácticas en uso de aquel entonces. Un método explica cómo evaluar el estado de los canales de acupuntura mediante la palpación del pulso arterial superficial atribuido a cada uno de los doce canales. Sin embargo, algunos de estos pulsos solo serían palpables en condiciones patológicas. Tres pulsos – el pulso de la carótida, el radial y el pulso dorsal del pie – son resaltados al ser palpables en pacientes sanos y enfermos. El Huang Di Nei Jing fue el primer texto en relacionar las zonas del pulso radial con el estado funcional de ciertos órganos internos (Walsh, 2008)

Nan Jing (難經) [El Clásico de las Dificultades]

El Nan Jing [El Clásico de las Dificultades] fue recopilado durante el primer siglo de nuestra era por un autor desconocido, aunque a veces se asocia a Bian Que. "Tras la era Sun, fue confundido como una secuela explicativa del Canon Interno del Emperador Amarillo. Este texto, sin embargo, demuestra que el Nan Jing debería considerarse de una vez un texto importante y novedoso en sí mismo" (Unschuld, 1986). El Nan Jing concluye que hay un único circuito interconectado de circulación sanguínea en el cuerpo que lleva materiales vitales fisiológicos por todo el organismo. Por medio de este concepto de circulación unificado, las posiciones individuales del pulso se creían que reflejaban la totalidad del cuerpo humano. Esto fue el primer hincapié importante sobre el uso principal de la palpación del pulso en el diagnóstico del paciente. En concreto promovía el uso del Cun Kou, la arteria radial, como la zona de evaluación de pulso óptima para las razones prácticas y teóricas. En diferentes secciones del texto, divide las tres posiciones de la arteria radial en dos, tres y cinco profundidades (Flaws, 2006)

Los Trabajos de Zhang Zhong Jing (張仲景)

El famoso autor del Shang Han Lun (傷寒論) [Tratado de Enfermedades por Frío] y el Jin Gui Yao Lue (金匱要略) [Prescripciones Esenciales de la Cámara Dorada] incluyó numerosas menciones de los descubrimientos del pulso en sus textos de principios del siglo tres de nuestra era. Zhang Zhong Jin resaltó la importancia de corroborar el pulso con los signos prevalecientes y síntomas para procurar un diagnóstico acertado. De esta manera, las presentaciones del pulso fueron parte de las características definitorias de los seis niveles Yin y Yang de etiología y patología. Se dieron pocos detalles acerca de cada pulso, aunque él aconsejaba tomar el pulso en varios sitios para las condiciones difíciles (Morris; 2011).

Mai Jing (脈經) [El Clásico del Pulso]

Además de reorganizar el Huang Di Nei Jing, Wang Shu He escribió el Clásico del Pulso, el cual es el libro existente más antiguo dedicado únicamente a la descripción de los hallazgos del pulso radial. Dependió en gran medida de la teoría de la etiología, niveles, y progresión de la enfermedad descrita en los posteriores Huang Di Nei Jing, Nan Jing y trabajos de Zhang Zhong Jin. Debate sobre la duración del uso del diagnóstico por el pulso como una herramienta protocolaria para la muerte inminente de los pacientes o recuperación potencial por varias enfermedades infecciones comunes de la época. Esto difiere bastante de la práctica del pulso en la actualidad, la cual aspira a evaluar la naturaleza de aspecto no emergente de la salud. El Mai Jing describe la localización y relación de los órganos en las tres posiciones en cada muñeca, veinticuatro imágenes diferentes de pulsos complejos, y alteraciones en el pulso debido a la estación y constitución. Este trabajo aporta una gran discusión sobre varias cualidades del pulso pero no aclara el proceso completo de palpación, diagnóstico y tratamiento. Sobre todo, apoya el sistema de los dos niveles que empareja a los órganos Yin-Yang en cada posición, posicionando al órgano Yang superficialmente y al órgano Yin profundamente. Esta interpretación continúa a día de hoy. Las descripciones un tanto crípticas del Mai Jing resultaron en la publicación de muchas interpretaciones diferentes a lo largo de los siglos venideros (Shu-Ho, 2002).

Bin Hu Mai Xue (瀕湖脈學)

Li Shi Zhen compuso el Bin Hu Mai Xue en el siglo 16 como la suma de todos los escritos de pulsos existentes y específicamente una elaboración del material del Mai Jing [El Clásico del Pulso]. Este breve trabajo fue escrito en pequeñas frases que riman para ayudar a memorizarlas. Se divide en dos secciones; la primera describe la fisiología del pulso y la segunda detalla las imágenes de pulsos específicos de Wang Shu He. Este texto difiere del Mai Jing en tanto que atribuye un órgano Yin a cada posición y describe tres niveles de presión que reflejan el Qi, la Sangre y el Yin de cada órgano (Hammer, 2012). El Bin Hu Mai Xue fue y es un libro teórico influyente, a menudo para servir como influencia principal para los expertos en diagnóstico del pulso de la actualidad.

John Shen y el Ming He lineage

Desde el siglo 20 hasta hoy ha habido muchos linajes destacados por el conocimiento del diagnóstico por el pulso, algunos de los cuales existen como trabajos publicados y otros han pasado a lo largo de familias o discípulos de linajes. Los desarrollos médicos, culturales y políticos del siglo 20 en China son relevantes en las enseñanzas del Dr. John Shen y el Dr- Zhang Wei Yang (Dr. Jimmy Chang), ambos influyentes en el desarrollo del MPD.

El Dr. John Shen aprendió del influyente Ding Gan Ren y del linaje Ming He, el cual data de primeros del siglo 17 de nuestra era. Este método fue conocido como el método "Ming He", y recibe su nombre de la ciudad al este en la provincia de Jiangsu donde se originó. Ding Gan Ren escribió un libro del diagnostico por el pulso llamado "Resumen del Estudio del Pulso" el cual no está disponible en inglés, donde incorporó el trabajo de Li Shi Zhen con otros destacados expertos en el diagnóstico por el pulso.

Se desconoce mucho de la formación y vida del Dr. John Shen, pero indudablemente estudió los clásicos a fondo y construyó sus principios de tratamiento y fórmulas de fitoterapia junto con las teorías de la medicina china. Quizás fue el primer doctor en practicar diagnóstico por el pulso de los Estados Unidos de modo significativo.

Sobre todo, el Dr. John Shen usó descripciones únicas de los hallazgos del pulso que giraban en torno a los sistemas y diagnósticos biomédicos. El sistema cardiovascular y el sistema nervioso fueron particularmente importantes en varias etiologías importantes de la enfermedad (Hammer, 2016).

Dr. Zhang Wei Yan (Dr. Jimmy Chang)

El doctor taiwanés, el Dr. Jimmy Chang, desarrolló un único y complejo práctico de teorías de pulso y términos que identifican alteraciones predecibles de un pulso normal en cada posición. Su libro principal sobre diagnóstico por el pulso es el Pulsynergy – Un Manual de Diagnóstico por el Pulso. Aunque muy bien versado en los clásicos del diagnóstico por el pulso, considera mucha de la información histórica lo cual lo hace muy complicado y poco flexible a la hora de tratar presentaciones complejas de pacientes. Él cree que la confianza en la práctica estándar del diagnóstico por el pulso tradicional tiende a priorizar el aprender de memoria antes que pensar de una manera clínica. Esto, en cambio, limita el uso del diagnóstico por el pulso a la hora de determinar el tratamiento del paciente con eficiencia (Chang, 1995). Ha trabajado en una gran clínica de fitoterapia en Los Ángeles, Ca, durante décadas, donde ve más de treinta pacientes diariamente, permitiéndole así perfeccionar sus interpretaciones del pulso. Ha enseñado activamente en los Estados Unidos durante más de dos décadas a través del Instituto Lotus de Medicina Integrativa y diseña muchas de las fórmulas de fitoterapia para Evergreen Herbs.

El Dr. Chang ha sido el mayor influyente en el desarrollo del MPD. Estudié con él aproximadamente unos 10 años. Su diagnóstico por el pulso, en mi opinión, es lo mejor que hay. MPD nació con el transcurso de los años y cientos de miles de tratamientos. Hay cambios significativos en el método de Chang en cuanto a la posición cun. La posición del dedo en MPD para el cun es diferente y revela de una manera más precisa los problemas en el funcionamiento del Corazón. MPD también da mucha importancia al papel del Estancamiento de Sangre en la identificación del pulso.

Wang Qing Ren (王清任)

En mi revisión de las contribuciones históricas al MPD, hay que hablar del trabajo de Wang Qing Ren. Su libro de 1830, Yi Lin Gai Cuo [Corrigiendo los Errores en el Bosque de la Medicina], profundizó en el conocimiento médico chino sobre el papel clave del sistema circulatorio en la salud y la enfermedad. Frustrado por las descripciones contradictorias de anatomía en el Huang Di Nei Jing y el Nan Jing, buscó insaciablemente conocimiento de primera mano sobre el aspecto de los órganos y su localización anatómica, así como el tamaño y la distribución de los vasos sanguíneos en el torso. A través de un amplio estudio anatómico (post-mortem) y la aplicación clínica, desarrolló un grupo de fórmulas de fitoterapia centrado en el estancamiento de sangre que aún es indispensable actualmente en la práctica clínica (Neeb, 2006). Durante los últimos veinte años caracterizados por una experiencia clínica intensa y un conocimiento biomédico moderno, he llegado a muchas conclusiones parecidas a las de Wang Qing Ren. Mi enfoque para diagnosticar y tratar surgen de mis observaciones clínicas acerca del Estancamiento de Sangre como etiología principal de muchas enfermedades. Admiro mucho su percepción y deseo de contradecir puntos de vista médicos tradicionalmente arraigados. Estoy en deuda con su contribución a la medicina china.

No fue hasta antes de la era actual que los términos nuevos y las relaciones de las posiciones del pulso se asociaron con el conocimiento biomédico actual. El enfoque tradicional del diagnóstico por el pulso es la memorización de veinticuatro a veintiocho parejas de pulsos con un estudio extenso de la teoría de la medicina china. Con años de estudio y experiencia clínica, se cree que el practicante desarrollará las habilidades para interpretar el pulso para diagnosticar la progresión de la enfermedad y unas estrategias de tratamiento efectivas. Sin embargo, el estudio de esos pulsos complejos no ofrece un método completo y sistemático para interpretar el pulso radial. Clínicamente, el profesional es capaz de percibir varios pulsos que no corresponden con las categorías de pulso clásicas. Del mismo modo, los profesionales pueden observar simultáneamente muchas categorías de pulso tradicionales en cada paciente.

Esto lleva a la mayoría de terapeutas de medicina china, tanto en China como en el extranjero, a no confiar en esta útil herramienta diagnóstica. Este libro aspira a transmitir un enfoque sistemático y lógico para el diagnóstico por el pulso que ha guiado cientos y miles de tratamientos efectivos a lo largo de veinte años.

2

Repaso Cardiovascular

Aprender MPD y traducir nuestros descubrimientos a estrategias de tratamiento efectivas requiere de un entendimiento completo del conocimiento biomédico. Es imperativo que el practicante de MPD tenga un entendimiento apreciable de la anatomía y fisiología del sistema cardiovascular, así como sobre los enfoques médicos occidentales del diagnóstico y los tratamientos.

Palpar el pulso radial, en posiciones específicas de MPD, resalta características reológicas distinguibles que pueden brindar información al terapeuta acerca del estado de salud de los pacientes. Este sistema da una percepción médica considerable en cuanto a la mayoría de las regiones anatómicas incluyendo sistemas de órganos específicos, cuestiones musculoesqueléticas y el estado general del sistema vascular. La habilidad para relacionar características cardiovasculares con presentaciones de pulso correspondientes es una herramienta valiosa para el profesional clínico.

El sistema MPD hace hincapié en la influencia cardiológica en muchas patologías comunes, así como en manifestaciones complicadas de la enfermedad. Durante muchos años, MPD ha clasificado presentaciones de pulso refinadas sobre la posición Cun izquierda, la cual representa la funcionalidad del corazón. La Medicina China Clásica distingue al corazón como el órgano "Emperador", haciendo hincapié en su papel fisiológico principal sobre el mantenimiento de la salud física. Las descripciones detalladas de hace miles de años del sistema vascular y de ciertas sustancias de la circulación sistémica indican la correcta práctica clínica de la Medicina China.

La naturaleza del corazón y su influencia en todo el cuerpo es extraordinaria. El corazón late una media de 60-80 veces por minuto, unas 100.000 veces por día y unas 35 millones de veces por año. Todo el sistema vascular tiene aproximadamente 60.000 millas y circula cerca de 5-6 litros de sangre tres veces cada minuto, lo que resulta en 2000 galones de sangre circulando cada día (Clínica de Cleveland, 2016). En el siguiente análisis cardiovascular, nos centramos en características significativas de anatomía y fisiología, diagnósticos y patología y tratamientos alopáticos comunes. El ámbito de este libro relaciona el conocimiento médico chino y el occidental más relevante al método MPD. De manera continuada, irá apareciendo información avanzada e investigación médica, y recomiendo encarecidamente que todos los practicantes consulten publicaciones biomédicas y de cardiología para continuar con su educación.

1. Anatomía y Fisiología

Estructura y Posición

Aproximadamente el tamaño del puño de un adulto, el corazón reposa asimétricamente sobre la parte izquierda del pecho, anterior al esófago y entre ambos pulmones. Sus numerosas conexiones vasculares se localizan por debajo del segundo espacio intercostal, mientras que el ápice del corazón descansa sobre el diafragma cerca del quinto espacio intercostal. El pericardio, fibroso y con múltiples capas, reviste el músculo del corazón anclando su posición entre los pulmones y sirve para lubricar y protege al corazón de infecciones.

Cámaras y Válvulas

El corazón alberga cuatro cámaras, dos atrios en la parte de arriba (derecho e izquierdo) y dos ventrículos en la parte de abajo (derecho e izquierdo). Los atrios son más pequeños, y necesitan hacer circular suficiente cantidad de sangre a los ventrículos. El ventrículo izquierdo, el cual es el encargado de comenzar el sistema de circulación, tiene una musculatura más gruesa que el derecho. Cada ventrículo contiene una válvula de entrada y de salida cuya correcta coordinación asegura que los ventrículos muevan de manera eficiente la sangre a lo largo de un recorrido unidireccional. Las cuatro válvulas y sus posiciones son la válvula tricúspide (atrio D ->ventrículo D), válvula pulmonar (ventrículo D-> pulmones), válvula mitral (atrio I ->ventrículo I) y válvula aórtica (ventrículo I -> todo el cuerpo). Las válvulas son estructuras bicúspides (mitral) o tricúspides (tricúspide) que se abren y se cierran.

Las válvulas tricúspide y mitral tienen una fijación tendinosa y muscular que previene el flujo de vuelta de sangre en contra de la presión intensa de los ventrículos. Las válvulas están ancladas al esqueleto cardiaco fibroso para ayudar al cierre correcto.

Anatomía Arterial

Reconocer detalles sutiles al palpar la arteria radial destaca información fisiológica relacionada con varias regiones del cuerpo. El pulso radial es un segmento definido del sistema vascular, que interconecta y mantiene todo el tejido del cuerpo y los sistemas de órganos. Entender la estructura del tejido arterial ayuda a la interpretación de las variaciones del pulso radial percibidas en consulta.

El corazón y las arterias se componen de tres capas que comparten una función parecida. La adventicia exterior, o túnica externa, se compone principalmente de colágeno que sirve para anclar y proteger la arteria. La capa media, túnica medica, se compone de músculo liso, el cual se dilata o contrae para afectar a la presión sanguínea. La vasodilatación y vasoconstricción ocurre en respuesta al sistema nervioso autónomo y las hormonas que circulan. La túnica media está contenida por una membrana elástica, que influencia a las paredes arteriales para rebotar un poco con cada pulsación del corazón. Esta tensión de rebote ayuda a prevenir fluctuaciones dramáticas en la presión sanguínea entre las contracciones ventriculares y también ajusta el ritmo cardiaco elevado ante el esfuerzo. La naturaleza elástica del sistema arterial tiende a disminuirse con la edad.

La túnica íntima más interna está hecha de células endoteliales y crea una superficie suave para una circulación sanguínea eficiente a través de las arterias. Debido a la baja presión sanguínea, las venas tienen paredes más finas en comparación con las arterias, e incorporan válvulas para mantener el flujo unidireccional de sangre en contra de la gravedad.

Cuando adulto, el diámetro de los vasos sanguíneos va desde una pulgada en la aorta (alrededor del ancho de una manguera de jardín), hasta unas 5 micras en los capilares (alrededor de 1/10 del ancho de un pelo humano). Los capilares mantienen la función esencial del intercambio material dentro del cuerpo. El cuerpo humano tiene cerca de 1 billón de capilares, y ninguna célula en el cuerpo se haya más alejada de 60-80 micras de un capilar (Saladin, 2004).

Conducción Eléctrica del Corazón

El nodo sinoauricular (SA) desencadena el ritmo del corazón (ritmo sinusal). Este tejido neural especializado se localiza a lo largo de la pared muscular del atrio derecho y sirve como un marcapasos natural al despolarizar de manera espontánea. El ritmo más alto del nodo sinoauricular se mantiene entre 60-80 bpm por el nervio vago del sistema nervioso parasimpático. La activación de la respuesta del sistema nervioso parasimpático, inducido por unos niveles altos de epinefrina/norepinefrina sérica, causa que el ritmo del corazón aumente temporalmente por encima de estos niveles hasta que el nervio vago restablece el ritmo sinusal normal. Estos mecanismos cardiacos del sistema nervioso autónomo se regulan por el centro cardiaco de la medula oblongada.

El impulso eléctrico del nodo sinoauricular (SA) pasa a lo largo de un recorrido específico hasta el nodo auriculoventricular (AV) y es transmitido entre los ventrículos para desencadenar la contracción ventricular. Este impulso fundamental no se sale de su recorrido normal o más allá del corazón por el efecto aislante de los tejidos conectivos dentro del músculo del corazón y del revestimiento externo del corazón y del pericardio.

Volumen Sistólico y Fracción de Eyección

El volumen de sangre que el corazón puede bombear con cada contracción, llamado volumen sistólico, depende de los siguientes factores. La carga previa es el volumen de sangre en los ventrículos antes de que se contraigan, y la carga posterior es la presión en el sistema vascular con la cual el ventrículo izquierdo estará refrenando. La contractilidad es la fuerza relativa del miocardio para expulsar el volumen sistólico. El porcentaje del volumen total de sangre de los ventrículos que es expulsado se llama fracción de eyección y equivale a un 55%-75% en un paciente promedio.

Circuito de Sangre

El flujo de sangre se divide funcionalmente en circulación pulmonar y circulación sistémica, cada cual llevada por la fuerza motriz del ventrículo derecho e izquierdo, respectivamente. La circulación pulmonar sigue el recorrido: ventrículo D – válvula pulmonar – arterias pulmonares – pulmones (alveolo) – venas pulmonares – atrio I. En este punto, comienza la circulación sistémica: válvula mitral – ventrículo I – válvula aórtica – aorta – circulación arterial – capilares – circulación venosa – vena cava – atrio D – válvula tricúspide. En el cuerpo humano circulan 5-6 litros de sangre durante este recorrido tres veces por minuto, viajando más de 12.000 millas por día. El corazón en sí tiene una gran demanda de nutrientes y oxígeno y recibe abastecimiento sanguíneo mediante las dos arterias coronarias principales que se ramifican desde la raíz de la aorta. Las venas coronarias devuelven el abastecimiento de sangre desoxigenada al atrio D.

Reología y Contenidos de la Sangre

La sangre es un tipo de tejido conectivo que contiene una matriz extracelular (plasma) que apoya y organiza las células vivas (células sanguíneas rojas y blancas). También puede definirse como un órgano debido a su estructura, contiene células vivas y tiene funciones concretas. Además del RBC (conteo de glóbulos rojos) y WBC (conteo de glóbulos blancos), la sangre transporta plaquetas, lípidos, hormonas, vitaminas, minerales, anticuerpos, azúcares, factores coagulantes y proteínas. Existen similitudes con el milenario lenguaje de la Medicina China, que describe Xue (sangre) que lleva Qi (aire vital), Ying (nutrientes), Wei (sustancias defensivas) y Jing (sustancias de los órganos vitales) a todos los tejidos corporales (Kendall, 2002).

La sangre circula entre varios gradientes de presión dentro del sistema vascular y no opera como un fluido newtoniano estándar. Por ejemplo, la viscosidad sanguínea disminuye en respuesta adaptativa al aumento de presión sistólica. Esta adaptación particular se denomina velocidad de corte.

Los factores de riesgo específicos asociados a la enfermedad cardiovascular también parecen tener una influencia sistémica en la viscosidad sanguínea. Los factores de riesgo incluyen alta presión sanguínea, lipoproteínas de baja densidad (LDL), lipoproteínas de alta densidad (HDL), diabetes tipo-II, síndrome metabólico, obesidad, fumar y envejecimiento (Lowe, 1997). Hay una razón para creer que la viscosidad sanguínea elevada es el único parámetro biológico unido a todos estos principales factores de riesgo cardiovasculares.

Las descripciones funcionales de la viscosidad sanguínea elevada comparten características con el concepto de la Medicina China de Estancamiento de Sangre. Este tema fundamental se describirá a fondo en los siguientes capítulos concernientes a ciertos pulsos y tratamientos clínicos. Aunque subjetivo, el practicante de MPD siente información diagnóstica basada en la relativa "delgadez", "grosor" o "suavidad" de la sangre que circula en la arteria radial. Estas habilidades sensitivas se traducen en un diagnóstico más acertado y matizado y en un tratamiento dirigido.

2. Patología Cardiovascular

La enfermedad cardiovascular (ECV) es responsable de aproximadamente una de cada tres muertes en todo el mundo. En los Estados Unidos, alguien muere cada 39 segundos por un evento cardiovascular. Los tratamientos cardiovasculares y cerebrovasculares suman uno de cada 6 dólares gastados en tratamientos médicos, aproximadamente 300 billones de dólares cada año (Asociación Americana del Corazón y Centro de Control de Enfermedades). La enfermedad cardiovascular es una crisis de salud mundial.

La mayoría de los profesionales de la sanidad erran al reconocer los signos y síntomas de un trastorno cardiovascular preclínico. La ECV se puede desarrollar durante décadas y en las peores etapas puede comprometer la calidad de vida. Estos pacientes suelen sufrir de una sensación disminuida de su vitalidad general y pueden experimentar condiciones de saludre currentes. Desde la perspectiva biomédica y de la Medicina China, muchas de las quejas de salud comunes se relacionan con una función vascular comprometida. Un practicante de MPD cualificado puede detectar los signos relacionados con un empeoramiento cardiovascular y dar un tratamiento directo que pueda mejorar esta condición general. La práctica de la Medicina China demuestra un planteamiento cardiovascular concreto que puede desempeñar un papel crucial en la prevención de esta crisis de la salud.

Síntomas Generales Comunes

Como con otras disciplinas médicas, la entrevista al paciente y la evaluación son pilares del reconocimiento de la Medicina China. Sin embargo, la dependencia clínica en los datos proporcionados por el paciente, así como el diagnóstico biomédico pueden restar valor a unos resultados de tratamiento efectivos. La práctica clínica del MPD puede demostrar eficiencia en el proceso diagnóstico, limitando la confianza en el informe exhaustivo de los síntomas, y sirviendo como herramienta diagnóstica principal. Estos síntomas señalan normalmente el funcionamiento comprometido del sistema cardiovascular. El análisis de estos síntomas puede ayudar al pautar fitoterapia, y a veces es crucial para identificar estados emergentes que exijan la derivación a un médico de cabecera o al departamento de urgencias.

Fatiga: un abastecimiento de sangre disminuido en el sistema muscular puede inducir debilidad, fatiga y calambres. La fatiga es uno de los síntomas clínicos más comunes y se puede expresar como resultado de muchas patologías. Pregunta al paciente que determine el grado en el cual la fatiga limita sus actividades y la calidad de su vida en general.

Falta de aliento: excluyendo las enfermedades respiratorias tales como asma, alergias e infecciones, este síntoma se puede manifestar con trastornos del sistema nervioso, enfermedad de las arterias coronarias y fallo cardiaco. Normalmente, las patologías del corazón más avanzadas provocarán falta de aliento al más mínimo esfuerzo físico.

Palpitaciones: Uno de los síntomas más comunes visto en urgencias, y experimentado por un 15% de los pacientes cada año. Las palpitaciones se definen como una sensación incómoda de latido irregular y/o fuerte del corazón. Es difícil identificar la causa de las palpitaciones si ocurre de manera paroxística. A menudo, este síntoma se considera benigno, a no ser que los síntomas sean duraderos, graves o repetibles (véase la sección de alertas clínicas más abajo). En

Medicina China, las palpitaciones y los síntomas asociados se diagnostican y tratan en consonancia.

Dolor torácico: Este síntoma se puede expresar por varios aspectos del sistema pulmonar, sistema cardiovascular, sistema musculo-esquelético y tracto respiratorio superior. Centrándose en las patologías del corazón, el dolor torácico puede resultar de un prolapso de la válvula mitral (a menudo como un dolor definido y punzante), vaso-espasmos de las arterias coronarias, o ateroesclerosis de las arterias coronarias que causan isquemia cardiaca, pericarditis y disección aórtica.

Dolor en las extremidades: Hormigueo, síntomas de dolor fijos y paroxismales son indicadores de una circulación sanguínea disminuida a la extremidad debido a una insuficiencia cardiaca, constricción sistémica de los vasos sanguíneos u obstrucción de los vasos sanguíneos por una embolia.

Color de la piel e Inflamación: Palidez, cianosis, o rojez de las extremidades o de la cara. La causa de estos síntomas depende de la presentación al completo. Estos síntomas pueden señalar perfusión disminuida a la piel, debido a numerosos factores e inflamación local o sistémica. El edema en las pantorrillas o parte baja de la espalda se relaciona a menudo con patologías coronarias o con una trombosis profunda. Las venas agrandadas del cuello, especialmente con el paciente con una inclinación de 45 grados, se relacionan a menudo con congestión del atrio D.

Mareo o desmayo (síncope): Comúnmente relacionado con un rendimiento cardiaco disminuido o una caída temporal repentina en la presión sanguínea. Las arterias carótidas se ramifican desde el arco aórtico dependiendo de la adecuada presión sanguínea para satisfacer la gran demanda de sangre, oxígeno y nutrientes en el cerebro. Los factores que causan estos síntomas son a menudo problemas valvulares que afectan a la presión sanguínea o a la respuesta vasovagal causada por estrés.

Cambios en la Consciencia

La teoría de la Medicina China describe al corazón como el asiento del espíritu o de la consciencia individual. En el ámbito clínico, es imperativo observar las cualidades emocionales de nuestros pacientes. Esta herramienta aporta una perspectiva valiosa de la salud del corazón. Esta observación, corroborada con el pulso, lleva al terapeuta a unos tratamientos más efectivos de la persona en su conjunto. Desde la perspectiva de la Medicina China, los síntomas particulares de la ansiedad, hipervigilancia, olvido, falta de claridad y sueño perturbado se relacionan con anomalías del corazón.

Indicadores de Alerta

El practicante de MPD puede estar en una posición que le permita detectar un pulso potencialmente peligroso que requiera derivar a un médico de cabecera o a urgencias. Una taquicardia de más de 100 bpm (pulsos por minuto) con nerviosismo concurrente o hipervigilancia (o apatía en ancianos) y aversión al calor con piel caliente puede indicar un hipertiroidismo sin diagnosticar. Si el calor y la agitación son pronunciados, hay posibilidades de "tormenta tiroidea", una condición que pone en peligro la vida (Anzaldua, 2010).

Además, los practicantes de MPD pueden encontrarse con pacientes con palpitaciones. Las palpitaciones son una experiencia común subjetiva que no corresponde necesariamente con una arritmia, pero que puede señalar una condición emergente o grave. Una regla general para una derivación médica es como sigue: palpitaciones de aparición reciente, o aquellas acompañadas de mareo, entumecimiento, hormigueo o dolor torácico, o que ocurren durante el ejercicio (Anzaldua, 2010).

Diagnósticos Cardiovasculares Comunes

Considerando el papel sistémico del sistema cardiovascular, cualquier mínima disfunción en el tejido o mecánica puede producir efectos sistémicos amplificados con el tiempo. Las disfunciones cardiovasculares pueden ser categorizadas como problemas valvulares, problemas rítmicos, estrechamiento arterial u obstrucción, compensación muscular cardiaca y cambios en la viscosidad o presión de la sangre. A continuación, exponemos los diagnósticos más comunes y una descripción breve. Muchos de estos problemas ocurren conjuntamente.

Arritmias: Cualquier diferencia en la frecuencia cardiaca normal y el ritmo, oscila entre lo benigno y lo mortal. Las arritmias atriales prematuras pueden derivar en bradicardias, bradiarritmias, taquicardia supraventricular (TSV), fibrilación auricular o aleteo auricular.

Cardiomiopatía: Un agrandamiento, falta de flexibilidad o engrosamiento del músculo cardiaco, compromete la capacidad del corazón para hacer circular la sangre.

Arterioesclerosis: El engrosamiento, endurecimiento y pérdida de elasticidad de las paredes arteriales. Este proceso restringe gradualmente el flujo sanguíneo a varios órganos y sistemas de tejidos del cuerpo.

Ateroesclerosis: Un estrechamiento del lumen arterial debido a una acumulación de lípidos, proteínas, colesterol, calcio, inflamación y proliferación de células de los vasos sanguíneos que resultan en una circulación sanguínea reducida a lo largo de las distribuciones arteriales. Esta condición puede llevar enfermedades de la arteria coronaria, enfermedades de la arteria periférica, enfermedades en la arteria carótida, aneurismas y enfermedades crónicas renales.

Insuficiencia Cardiaca o Insuficiencia Cardiaca Congestiva: Cualquiera de las patologías que resultan en un bombeo ineficiente de sangre por el músculo cardiaco.

Problemas valvulares: Debilidad o rigidez que causa un cierre incompleto o prolapso de las válvulas cardiacas. Estos problemas llevan a regurgitación de la sangre dentro del corazón y son diagnosticados como soplos cardiacos, clasificados en una escala del uno al seis..

Hipertensión: Presión arterial elevada constante que puede contribuir a condiciones tales como enfermedades cardiacas, derrames y pérdida de visión. El 90-95% de los casos son hipertensiones primarias (esenciales) y están relacionadas con un estilo de vida desconocido o con causas genéticas. La hipertensión secundaria considera el

5-10% restante y es el resultado de enfermedades específicas o de medicación.

Hiperlipidemia: Niveles elevados de lípido seroso, especialmente el colesterol LDL (lipoproteínas de baja densidad).

Infarto de Miocardio: Necrosis repentina mortal del tejido cardiaco debido a la oclusión de las arterias coronarias en pacientes con enfermedad de la arteria coronaria (EAC).

Prueba Diagnóstica Común: Pacientes que han recibido tratamiento biomédico para problemas cardiovasculares pasarán probablemente por uno o más de los procedimientos comunes descritos a continuación. Cada procedimiento tiene sus pros y sus contras.

Rayos-X: Muestran la localización, tamaño y forma del corazón, pulmones y vasos sanguíneos.

ECG/EKG: Informa de la conducción eléctrica del corazón. El ECG/EKG es un procedimiento diagnóstico inicial para diagnosticar arritmias, un infarto en progreso, pericarditis, agrandamiento del corazón, desequilibrio de los electrolitos, y los efectos provocados por las drogas en el corazón. A menudo, un Monitor Holter se usa durante una Prueba de Esfuerzo para provocar un evento observable o analizable durante un periodo de 24 horas (o más).

Ecocardiograma: Evalúa el tamaño de las cámaras cardiacas, grosor de la pared, funcionamiento valvular, flujo sanguíneo de las cámaras y la fracción de eyección.

Cateterización cardiaca (Angiograma): El catéter se mete por la arteria femoral hasta la región cardiaca. Se inyecta una tintura radioactiva, y se toman imágenes de Rayos-X del corazón para un análisis de la condición del corazón y los vasos sanguíneos coronarios. Este procedimiento es "regla de oro" para la evaluación de la enfermedad arterial coronaria.

Test Estándar para el Estrés Cardiaco: Un EKG de doce derivaciones, un aparato de presión sanguínea y una oximetría del pulso miden la habilidad del corazón para responder al estrés externo en un ambiente clínico controlado. El test se realiza para evaluar los síntomas del paciente así como un rango amplio de disfunciones que incluyen arritmias, isquemia cardiaca, tolerancia al ejercicio, consumo de oxígeno y enfermedad cardiaca valvular o congénita.

Perfusión Miocárdica: Examina la circulación sanguínea a través del corazón durante el ejercicio en una cinta de correr o en una bicicleta y mientras se está en reposo.

El test usa un material radioactivo llamado localizadores que se mezclan con la sangre y circulan hasta el músculo del corazón. Una cámara especial fotografía el corazón y muestra cuán bien está perfundido el corazón (suministrado con sangre). Los resultados determinan estrechamientos u obstrucciones de las arterias coronarias o daños tisulares previos debido a un infarto de miocardio.

Escáner de Calcio Coronario: Analiza la acumulación potencial de calcio, o calcificaciones, como un signo de ateroesclerosis, enfermedad coronaria cardiaca o enfermedad microvascular coronaria. Un escáner de calcio coronario determinará una puntuación Agatston que refleja la cantidad de calcio encontrada en las arterias coronarias. Una puntuación de cero es normal, y niveles altos se relacionan con un mayor riesgo de enfermedad cardiaca.

Test sanguíneo: Análisis de los niveles altos de enzimas que indican daño en el músculo del corazón, lípidos en sangre, marcadores inflamatorios (proteína C reactiva, etc.), y electrolitos, entre otras sustancias.

3

12 Pasos para Precisar las Posiciones de MPD

El desarrollo de MPD tal y como se presenta en este texto es el resultado de veinte años de un gran volumen de experiencia clínica. Los descubrimientos únicos y el énfasis cardiovascular de este método vienen de observar continuamente los mismos signos del pulso y síntomas simultáneos en miles de pacientes. La investigación médica moderna continúa apoyando las observaciones clínicas de MPD.

El conocimiento clínico impregna los siguientes capítulos, los cuales cubren los procedimientos clínicos de MPD y la información diagnóstica relevante más eficiente. El sistema MPD y las innovadoras estrategias fitoterapéuticas evolucionan continuamente hacia un gran éxito para el paciente. Cada día en la clínica es una oportunidad para un continuo aprendizaje a través de la observación del paciente y la experimentación de tratamiento. Este método provee a cada profesional con las herramientas fundamentales para investigar minuciosamente la fisiología del paciente y los síntomas relacionados. Con la continua práctica clínica, MPD conducirá a más descubrimientos médicos que contribuirán a la efectividad de la Medicina China.

Posicionamiento para un Diagnóstico Preciso

Las posiciones de pulso MPD designan regiones anatómicas precisas en la arteria radial. Las variaciones de las posiciones han sido enseñadas en los métodos de diagnóstico por el pulso antiguo y actual, generando incoherencias y confusión para la mayoría de profesionales. Las posiciones de pulso MPD difieren de las enseñanzas más tradicionales de pulso y proveen de una estandarización avanzada de las localizaciones de pulso para un diagnóstico acertado. Las siguientes instrucciones sirven para guiar al profesional en cada paso esencial del proceso MPD.

El dominio clínico de MPD depende de un curso sistemático de acción. Los siguientes 12 pasos describen los métodos fundamentales para el posicionamiento correcto para el diagnóstico. En estas descripciones se incluyen los "errores" comunes que comprometen las posiciones eficientes del profesional y el paciente. El cumplimiento de estos 12 pasos es esencial para futuras acciones diagnósticas de MPD. Con experiencia clínica, estos pasos serán absolutamente naturales en el proceso de toma del pulso.

Paso 1 - Introducción & La Mano Recta

La posición óptima de MPD es con el paciente sentado directamente en frente del profesional. Con un escritorio o mesa, a aproximadamente la altura del diafragma, es ideal entre el paciente y el profesional para que ambos estén cómodos y se pueda obtener un posicionamiento correcto.

En el primer encuentro, el paciente se sienta en frente del profesional y pone sus manos cómodamente en la mesa, parecido a la postura de estrechar la mano.

Es mejor describir el proceso de MPD con los nuevos pacientes. Lo que sigue es un ejemplo:

"Sé que esto te puede resultar extraño, pero hay más de 2000 años de evidencia empírica para este método diagnóstico. La Medicina China es la más antigua, un sistema médico que aún se practica en todo el mundo con muchas generaciones de doctores que perfeccionan este sistema. El proceso de diagnóstico por el pulso se relaciona con dinámicas de fluidos simples. Conforme la sangre va hasta tu antebrazo, en la arteria radial, rebota contra el hueso de la muñeca, llamado hueso escafoides. Este evento crea un pequeño flujo sanguíneo de vuelta que resulta en una ola. Los doctores chinos descubrieron hace miles de años que estas olas se corresponden con ciertos cambios en varios regiones del cuerpo, y desarrollaron un método diagnóstico refinado"

Durante el proceso MPD, se recomienda empezar con el análisis del pulso radial del lado derecho, seguido por el pulso radial del lado izquierdo. Coloca la mano derecha del paciente en vertical, en una posición de "gravedad neutral". Toma su pulso derecho con tu mano izquierda – a partir de ahora llamada la mano que diagnostica –

tal y como se muestra en la Ilustración 1. Diagnostica el lado izquierdo con la mano derecha. Asegúrate que la mano que diagnostica aborda la mano del paciente desde el lado dorsal, no desde el lado ventral (Ilustración 1)..

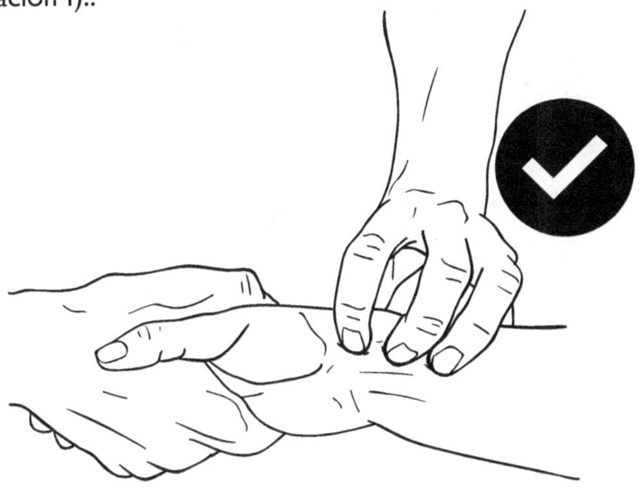

Ilustración 1: La mano derecha del paciente está en posición vertical

Paso 1 – Error#1: Mano del Paciente en Posición Supina

No tomes el pulso en esta posición (Ilustración 2), puesto que aplanará el pulso radial debido a la gravedad. Esta posición tuerce la arteria radial y tensa las estructuras adyacentes como los tendones (p. ej. el tendón flexor radial del carpo) y ligamentos (p. ej. el ligamento palmar del carpo).

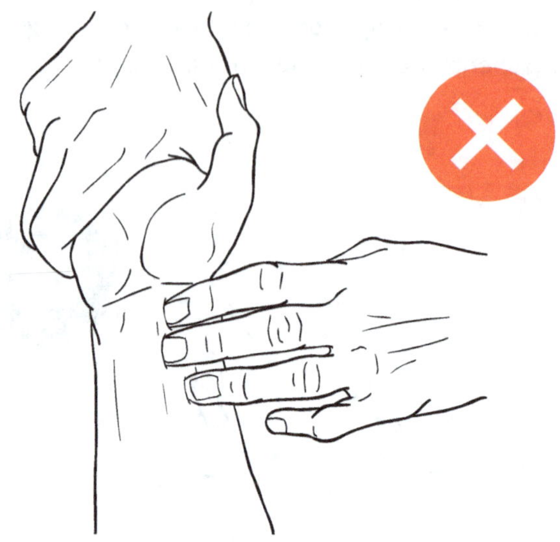

Ilustración 2: Posición incorrecta de la mano del paciente tendida en posición supina

Paso 1 – Error#2: Toma de Pulso desde el lado Ventral del Paciente

No analizar el pulso con la mano que diagnostica desde el lado ventral del paciente (Ilustración 3). Esta posición lleva inevitablemente a tensionar el músculo del antebrazo del paciente, puesto que la mano que diagnostica no tiene punto de anclaje. Esta posición también dificulta la evaluación de las posiciones del pulso.

Ilustración 3: Posición incorrecta del profesional desde el lado ventral

Paso I – Error#3: Diagnóstico del Pulso con la Mano del Paciente Mirando Hacia Arriba y la Mano que Diagnostica desde el Lado Ventral

La Ilustración 4 muestra una manera enteramente ineficiente de analizar el pulso radial en el sistema MPD. La mano del paciente en posición supina y la mano que diagnostica desde el lado ventral alteran el diagnóstico apropiado. Esta posición de diagnóstico por el pulso es la estándar en los libros de texto de MTC.

Ilustración 4: Posición incorrecta de la posición de la mano y de la mano que diagnostica del profesional desde el lado ventral

Paso 2 – Estabilizar la Mano del Paciente

Estabilizar la mano del paciente con un saludo suave, relajado (Ilustración 5). La mano del profesional realiza esta acción llamada la mano que estabiliza. La mano que estabiliza permite al profesional medir y mantener el estado de tensión del brazo del paciente. Si el brazo del paciente no está relajado, es esencial volver al estado de relajación. Este estado se consigue a menudo al quitar la mano que diagnostica y dar una palmada en la mano del paciente o en el antebrazo de una manera amigable.

La mano que estabiliza es esencial para mantener la posición del diagnóstico MPD durante la duración del diagnóstico. Con el equilibrio comprometido, el paciente flexionará la muñeca, lo cual no deja clara la posición Cun y distorsiona la arteria radial.

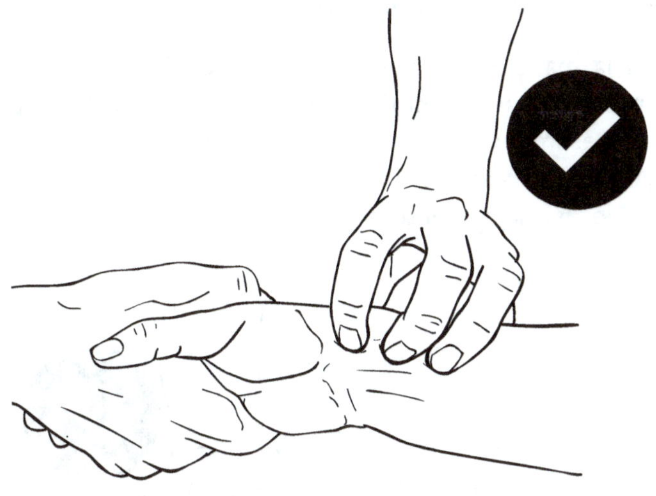

Ilustración 5: La mano que estabiliza sostiene la mano del paciente

Paso 2 – Error: Sostener Sólo los Dedos de la Mano del Paciente

No es correcto sostener los dedos del paciente (Ilustración 6) o envolver la mano entera del paciente (incluyendo el pulgar) con la mano que estabiliza durante el diagnóstico del pulso. Ambas situaciones causarán tensión en el flexor o tendón radial del carpo y otras estructuras periarticulares que rodean la arteria radial

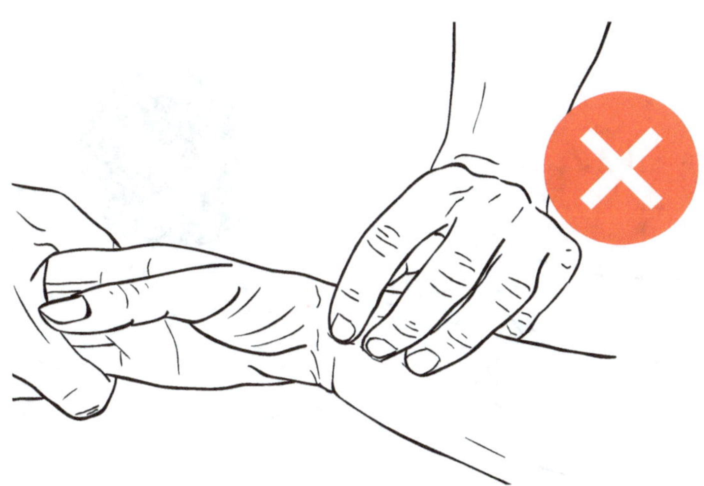

Ilustración 6: El profesional sólo sostiene los dedos del paciente

Paso 3 – Muñeca recta y Antebrazo Relajado

Asegura la mano del paciente, y el brazo se alinea anatómicamente en posición neutral, ni flexionado ni extendido (ilustración 7 & 8). También es importante que la mano del paciente y el antebrazo estén relajados. El profesional puede ayudar a la relajación diciéndole al paciente que se relaje mientras que estrecha la mano con suavidad.

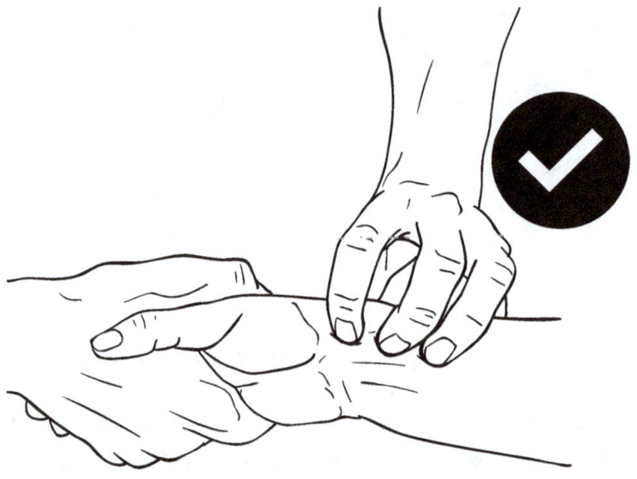

Ilustración 7: Posición correcta de la mano y el brazo del paciente y las manos del profesional

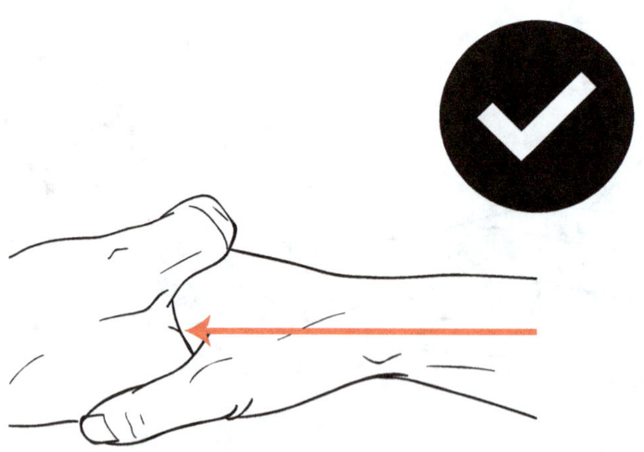

Ilustración 8: Posición correcta de la mano y el brazo del paciente y la mano que estabiliza del profesional

Paso 3 – Error: Flexión o Extensión Involuntaria de la Mano del Paciente

Incluso una poca flexión (ilustración **9**) o extensión (ilustración **10**) tensionará las estructuras periarticulares adyacentes a la arteria radial. La flexión minimiza la posición Cun, mientras que la extensión alza la arteria radial al nivel superficial de la piel. Una razón importante para que el profesional se siente justo al contrario, o al lado del paciente, es para mitigar estos problemas de posición que distorsionan el análisis MPD.

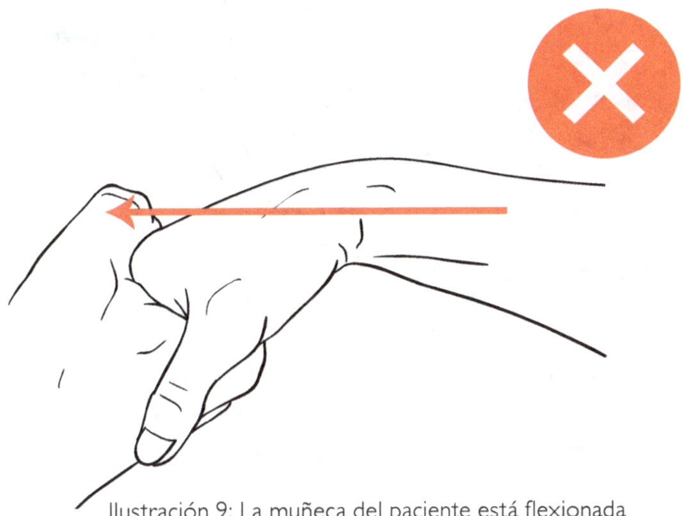

Ilustración 9: La muñeca del paciente está flexionada

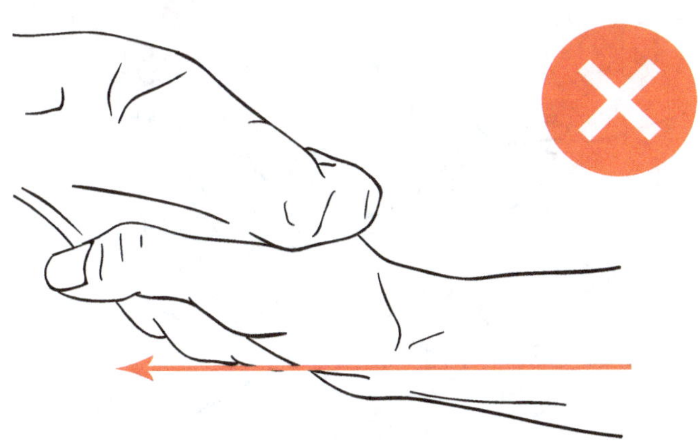

Ilustración 10: La muñeca del paciente está hiper extendida

Paso 4 – El Pulgar del Paciente Abajo y Relajado

Asegura que el pulgar del paciente está relajado (ilustración 11). Los pacientes suelen estar con el pulgar hacia arriba, pretendiendo ayudar (ilustración 12). Esta posición contrae los tendones del abductor largo del pulgar y el extensor corto del pulgar, dejando poco claro la posición Cun.

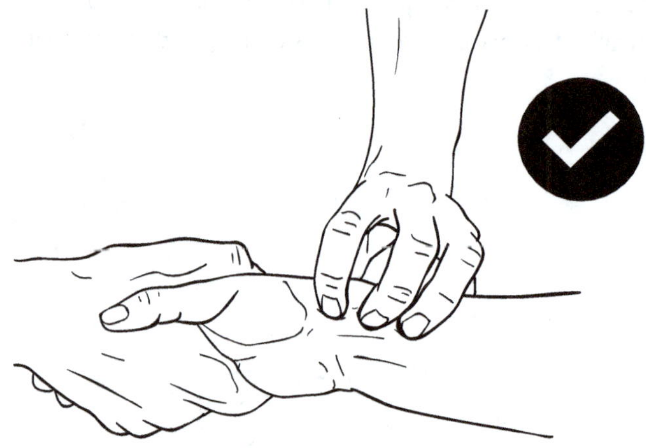

Ilustración 11: El pulgar del paciente está relajado

Paso 4 – *Error: El Pulgar del Paciente está Alzado*

Asegura la relajación del pulgar del paciente poniéndolo con tacto de nuevo en la posición de relajación.

Ilustración 12: El pulgar del paciente está alzado

Paso 5 – El Pulgar que se Ancla de la Mano que Diagnostica

Anclar el pulgar de la mano que diagnostica firmemente en el lado dorsal de la muñeca del paciente en la zona del punto Yang Chi, SJ4 (ilustración 13). Esta posición facilita la alineación de los dedos que diagnostican sobre las posiciones del pulso correctas. El pulgar que se ancla permite una palanca para facilitar la presión necesaria al palpar las profundidades del pulso.

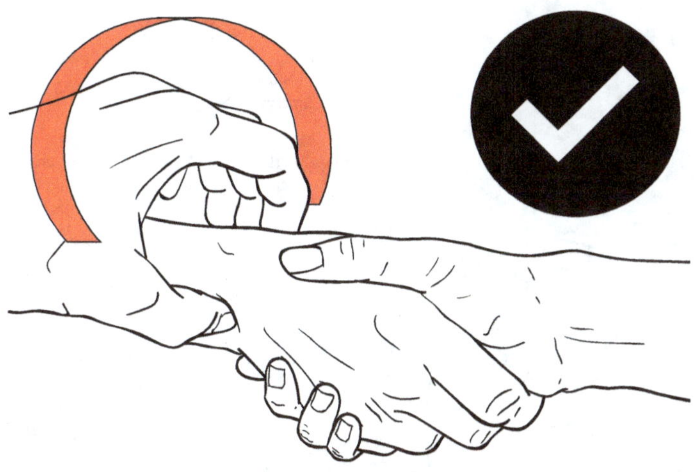

Ilustración 13: La mano que diagnostica correctamente anclada por el pulgar

Paso 5 – Error: Anclaje Ausente/Incorrecto

Los dos errores más comunes durante este paso esencial. Un error es fallar en la incorporación del pulgar de la mano que diagnostica como un ancla (ilustración 14). El segundo error es utilizar el pulgar de la mano que diagnostica como una semi-ancla ineficiente al hacer que descanse en la tabaquera anatómica (ilustración 15). Con estos fallos, hay una ausencia de la fuerza de anclaje en el lado dorsal del antebrazo del paciente que resiste la presión de los dedos que diagnostican. El brazo del paciente se desviará a la palpación de los niveles profundos del pulso radial y distorsionará todo el diagnóstico.

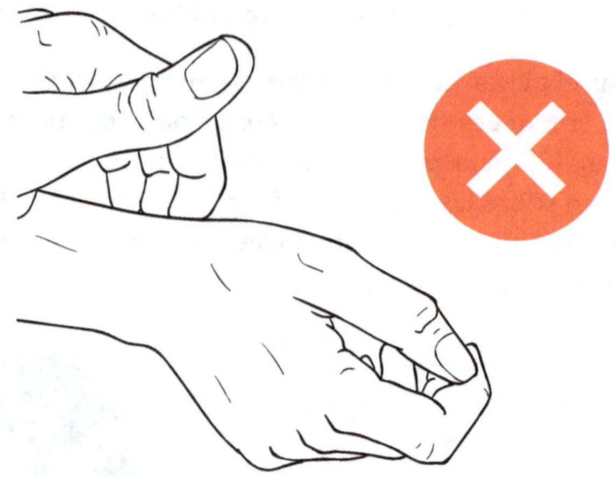

Ilustración 14: El pulgar del paciente no está anclado

Ilustración 15: El pulgar del paciente está mal anclado

Paso 6 – Forma Ovalada de la Mano que Diagnostica

La posición correcta del diagnóstico MPD requiere redondear la mano que diagnostica para poner una postura "ovalada" (ilustración 16). Esta posición favorece una posición relajada para los dedos que diagnostican con la flexibilidad y movilidad correcta para palpar las diferentes posiciones del pulso.

Esta postura también posiciona el centro de las almohadillas de los dedos en un ángulo de 45 grados sobre la arteria radial (ilustración

17). El centro de las almohadillas de los dedos aporta el mayor nivel de sensibilidad táctil durante el diagnóstico.

Posiciona los tres dedos (índice, medio y anular) sobre la arteria radial y palpa cada posición individualmente con un dedo una por una. En las primeras etapas de aprendizaje de MPD, es mejor que el profesional use el dedo índice de la mano que diagnostica para palpar las posiciones del pulso. La almohadilla del dedo índice tiene mayor sensibilidad y permite la mejor evaluación incluso para el profesional de MPD ya experimentado.

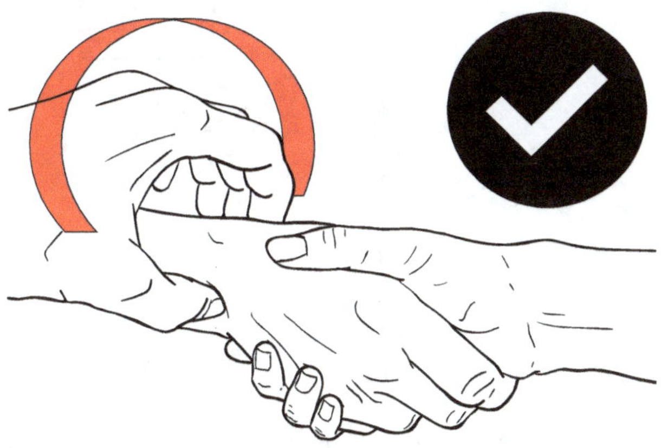

Ilustración 16: Mano que diagnostica en posición "ovalada"

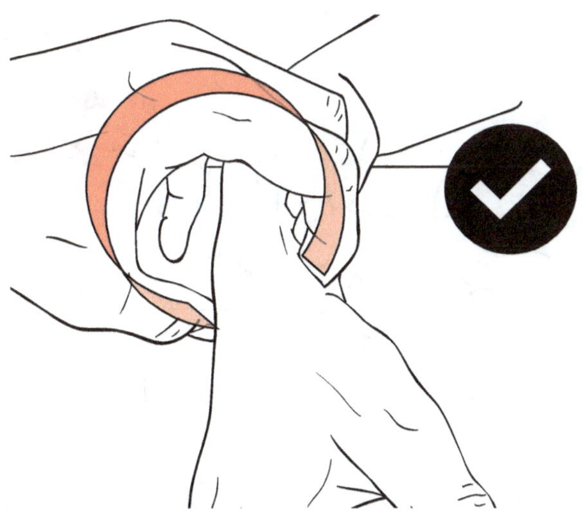

Ilustración 17: Centro de las almohadillas de los dedos en ángulo de 45 grados sobre la arteria radial

Paso 6 – Error#1: Ángulo Incorrecto

Las ilustraciones 18 y 19 ilustran el mismo ángulo incorrecto de los dedos para el análisis MPD. Este ángulo de 80-90 grados pone la porción más distal de las almohadillas de los dedos sobre el pulso. La falta de sensibilidad táctil comprometerá el procedimiento diagnóstico.

Ilustración 18: Ángulo incorrecto de los dedos que diagnostican

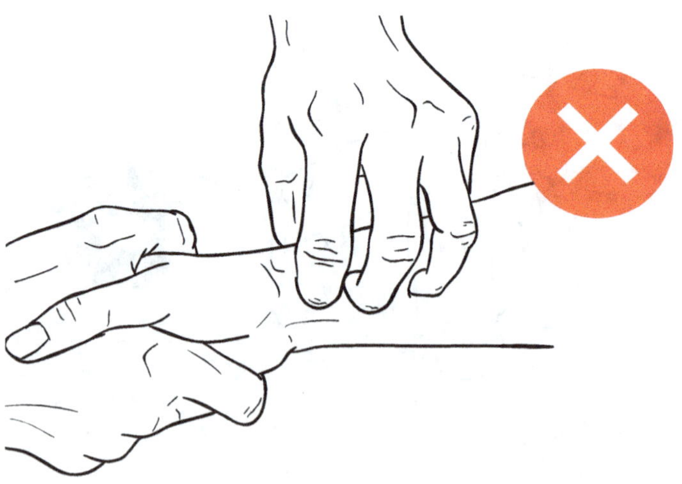

Ilustración 19: Ángulo incorrecto de los dedos que diagnostican

Las ilustraciones 20 y 21 muestran una colocación allanada de la almohadilla del dedo. Esto desplaza el centro de la almohadilla del dedo de las posiciones correctas, comprometiendo así la sensibilidad táctil para un diagnóstico apropiado.

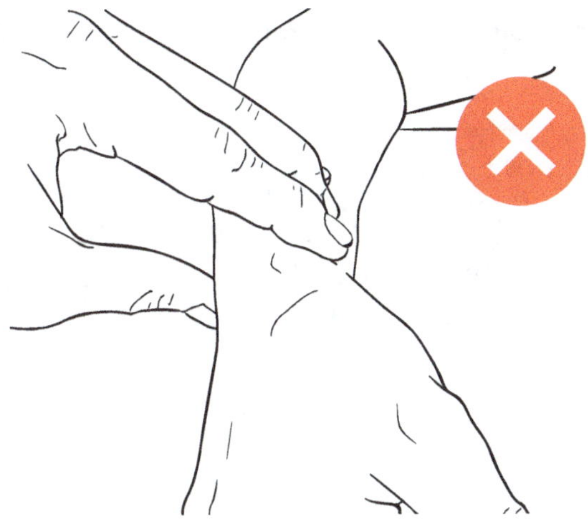

Ilustración 20: Ángulo incorrecto de los dedos que diagnostican

Ilustración 21: Ángulo incorrecto de los dedos que diagnostican

Paso 6 – Error#3: Presión Exagerada

La ilustración 22 muestra el error más comúnmente ejecutado por los practicantes novatos de MPD. La aplicación de presión excesiva se identifica fácilmente cuando las uñas de los dedos se tornan blancas. Este nivel de presión presiona la arteria radial y hace negativo el análisis del pulso. Tal y como se describe en los capítulos futuros, cada posición del pulso requiere un análisis de cinco profundidades.

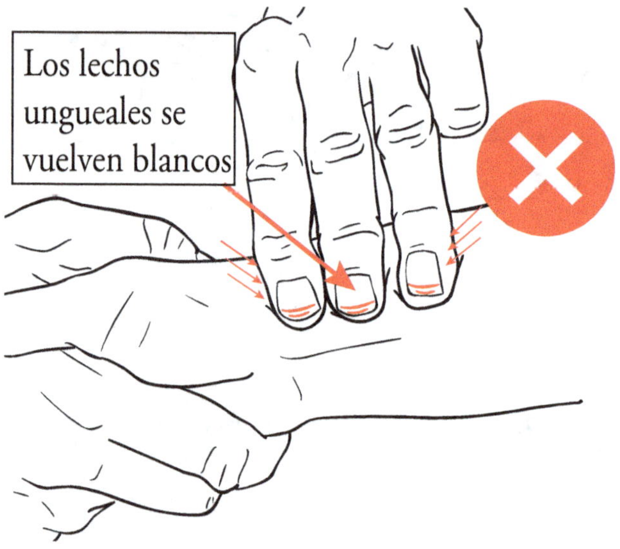

Ilustración 22: Aplicar presión exagerada sobre la arteria radial

Paso 6 – Error#4: Demasiado Medial

Asegura que los dedos que diagnostican no están puestos demasiado mediales sobre la muñeca del paciente, en contacto con el tendón flexor radial del carpo (ilustración 23). Como se ha dicho antes, la parte central de las almohadillas de los dedos que diagnostican aportan la sensibilidad táctil correcta.

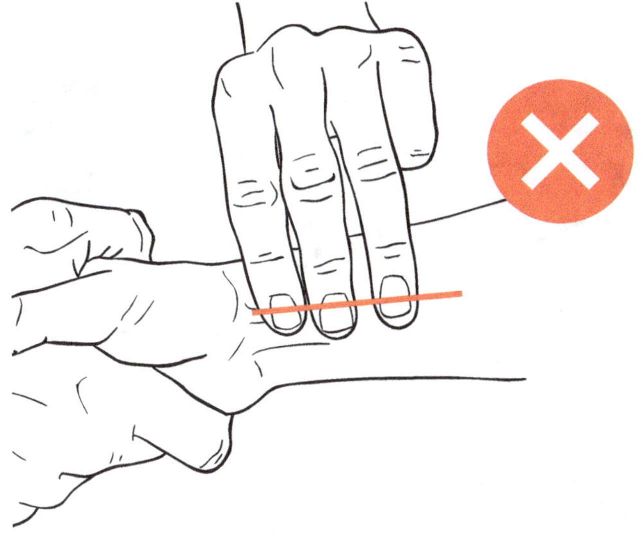

Ilustración 23: Almohadillas de los dedos posicionados demasiado mediales
a las posiciones Cun, Guan y Chi

(La línea roja indica el tendón flexor radial del carpo)

Paso 7 – Punto de Referencia – La Apófisis Estiloides

El primer paso esencial para identificar las posiciones correctas de MPD es localizar la apófisis estiloides radial. Con cada paciente, localiza la apófisis estiloides palpando suavemente desde la parte más distal hasta la proximal a lo largo del radio en la articulación de la muñeca. La estiloides radial es el punto de referencia anatómica utilizada en cada análisis de MPD para diferenciar la localización de las posiciones Cun y Guan. Una vez localizado, pon el dedo índice en la marca anatómica localizada entre el hueso escafoides y el final distal de la estiloides. Esta región entera se denomina como el "valle" Cun, lo que contiene la posición Cun en sí y las demás posiciones del pulso identificables. La apófisis estiloides sirve como la partición entre las regiones Cun y Guan. Pon el dedo índice un poco proximal al final proximal de la estiloides y localiza la posición Cun correcta. Extender el dedo índice y el dedo medio sobre cada lado de la apófisis estiloides se denomina como "separar" la apófisis estiloides (ilustración 24).

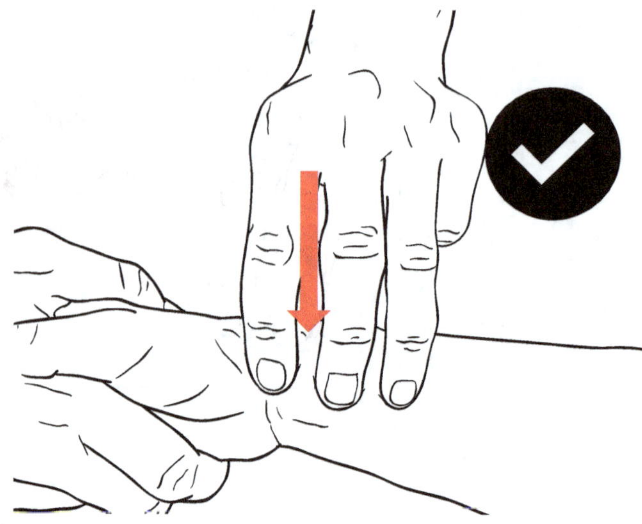

Ilustración 24: "Separar" la apófisis estiloides radial

Paso 7 – Error: No separar la Apófisis Estiloides

La posición Cun es distal y la posición Guan es proximal a la apófisis estiloides radial. No confundir con la región de la apófisis estiloides con estas posiciones de pulso. La ilustración 25 muestra este error fundamental de posición.

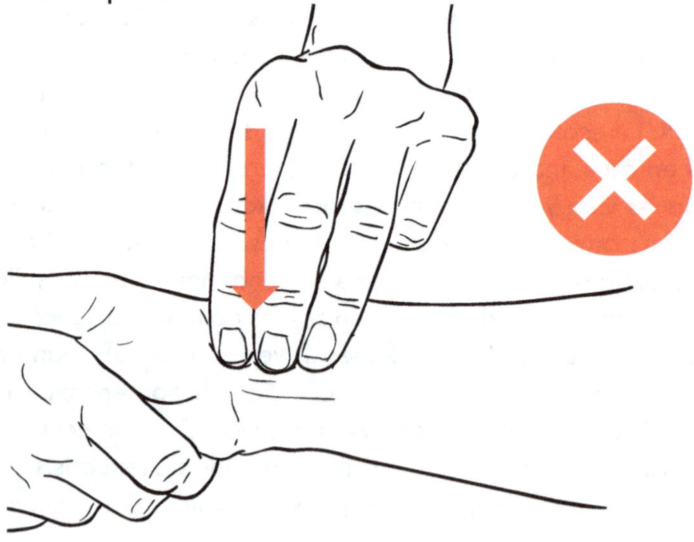

Ilustración 25: No "separar" la apófisis estiloides radial

Paso 8 – El "Valle" Cun

Esta identificación precisa del "valle" Cun es un requisito para la práctica efectiva de MPD y el éxito clínico. Localiza esta región entre el fin proximal del hueso escafoides y el fin distal de la apófisis estiloides radial.

La región del "valle" Cun tiene cinco posiciones de pulso diferentes. Cada una de estas posiciones corresponde a distintas características de la arteria en esta región anatómica.

Pulso Yin Wei (ilustración 26):

En la mayoría de personas, la arteria radial se bifurca en la región de la apófisis estiloides radial. La rama medial se llama el arco palmar superficial y recorre el borde lateral del tendón del flexor ulnar del carpo. Esta posición del pulso representa el pulso Yin Wei.

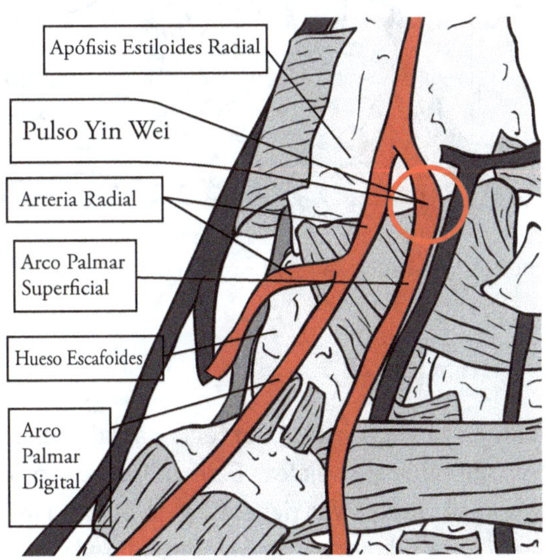

Ilustración 26: Pulso Yin Wei
(Vista anterior, lado radial del antebrazo en el pliegue de la muñeca)

Pulso Yang Wei (ilustración 27):

El pulso Yang Wei se distingue por la segunda, y más distal, bifurcación de la arteria radial. En esta localización, la arteria radial se bifurca en el arco palmar digital (central) y la continuación de la arteria radial (lateral). La continuación lateral de la arteria radial es el pulso Yang Wei.

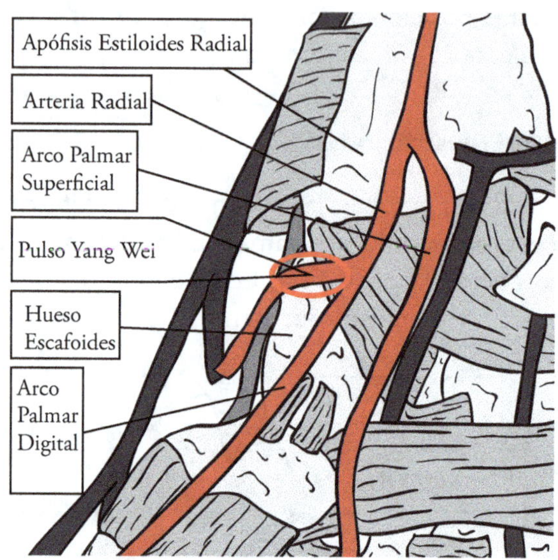

Ilustración 27: Pulso Yang Wei
(Vista anterior, lado radial del antebrazo en el pliegue de la muñeca)

Pulso Cun (ilustración 28):

El pulso Cun es la región de la arteria radial localizada entre las bifurcaciones proximales y radiales. Este pulso se posiciona centralmente entre el pulso Yang Wei (lateral) y el pulso Yin Wei (medial). Localiza el pulso Cun en la localización central de la región del "valle" Cun entre el hueso escafoides proximal y la apófisis estiloides distal.

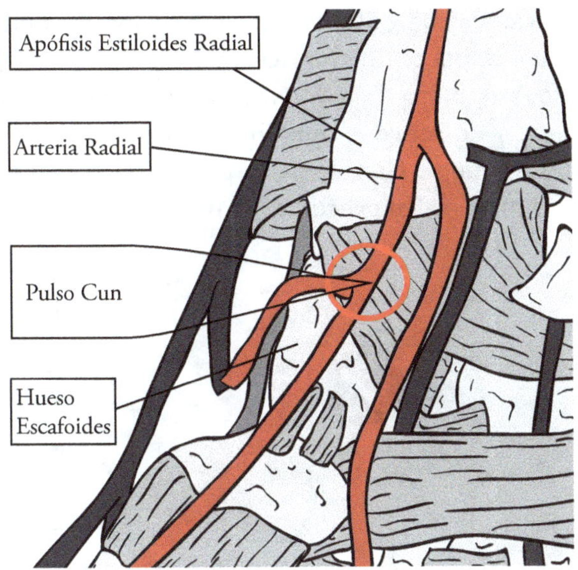

Ilustración 28: Pulso Cun
(Vista anterior, lado radial del antebrazo en el pliegue de la muñeca)

Las ilustraciones 29a y 29b muestran las diferentes localizaciones de las almohadillas de los dedos del pulso Cun (central) y el pulso Yin Wei (medial). Para una palpación apropiada del pulso Cun, el dedo índice se rota **30-40** grados distalmente hacia el hueso escafoides del paciente. Esta técnica esencial se describe al final del paso **8**. El pulso Yin Wei se palpa medial a la posición Cun, adyacente al tendón del flexor radial del carpo. Para palpar el pulso Yin Wei, la almohadilla del dedo índice se dispone perpendicularmente, sin rotación de la almohadilla del dedo.

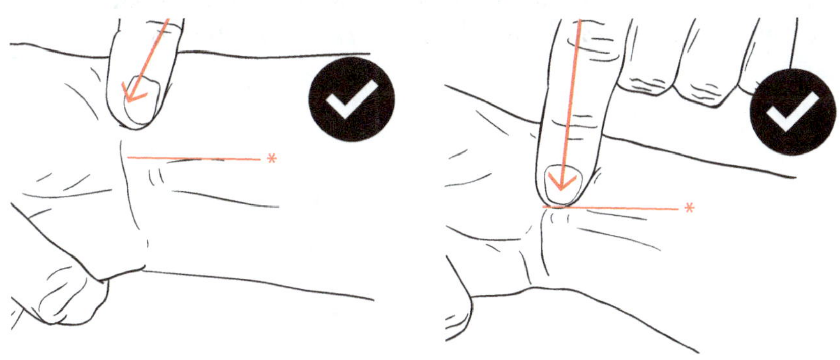

Ilustración 29a: Pulso Cun   Ilustración 29b: Pulso Yin Wei

(*Tendón flexor radial del carpo)

Las ilustraciones 30a y 30b muestran las diferentes localizaciones de las almohadillas del pulso Cun (central) y el pulso Yang Wei (lateral). Véase que el pulso Yang Wei está medial al tendón abductor largo del pulgar, y no sobre el tendón. El pulso Yang Wei está lateral y un poco distal al pulso Cun, sobre el pliegue de la muñeca. El pulso central Cun es proximal al pliegue de la muñeca.

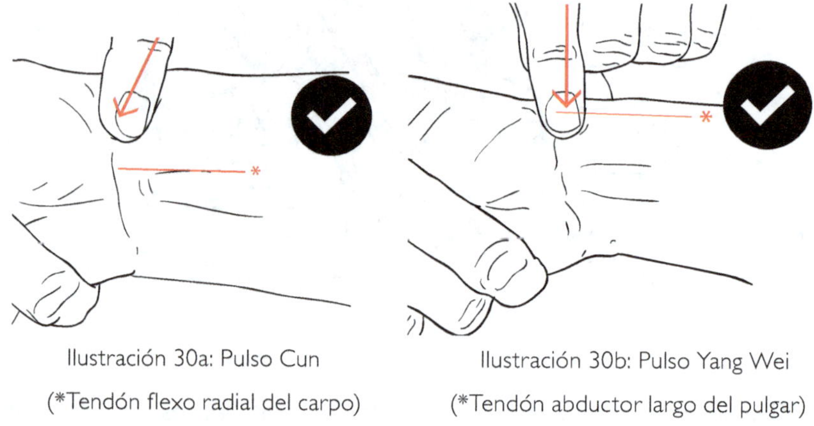

Ilustración 30a: Pulso Cun

(*Tendón flexo radial del carpo)

Ilustración 30b: Pulso Yang Wei

(*Tendón abductor largo del pulgar)

Pulso Gran Vaso (ilustración 31):

El pulso del Gran Vaso se localiza distal al pulso Yin Wei sobre el mismo arco palmar superficial. Este pulso se sitúa justamente en la unión del pliegue de la muñeca del arco palmar superficial, el tendón flexor radial del carpo y el hueso escafoides. En pacientes con patologías importantes, un pulso comprimido cómo la punta de un bolígrafo será palpable en esta unión. Asegúrate que la almohadilla no esté sobre el tendón flexor radial del carpo o el hueso escafoides.

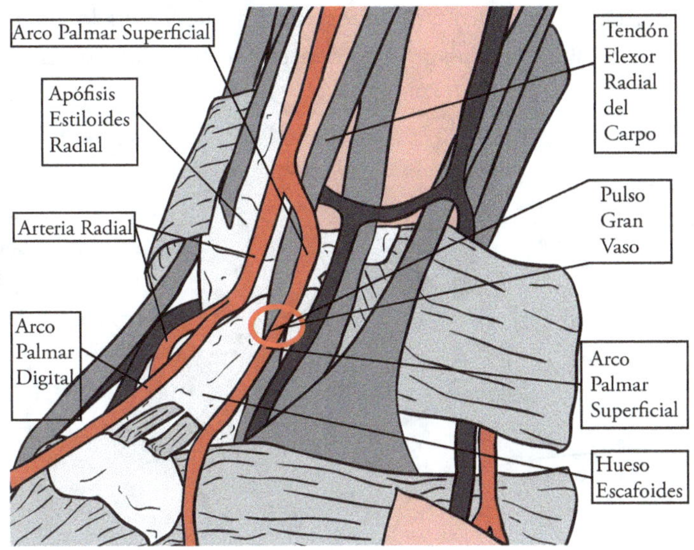

Ilustración 31: Pulso Gran Vaso
(Vista anterior, lado radial del antebrazo en el pliegue de la muñeca)

Las ilustraciones 32a y 32b ilustran las diferentes localizaciones de las almohadillas del pulso Gran Vaso (distal) y el pulso Yin Wei (proximal). Véase que el pulso Yin Wei es proximal al pliegue de la muñeca y a la posición perpendicular del dedo índice en la palpación. El pulso del Gran Vaso está en el pliegue de la muñeca, y la almohadilla del dedo índice se rota ligeramente hacia el hueso escafoides del paciente para analizar este cruce.

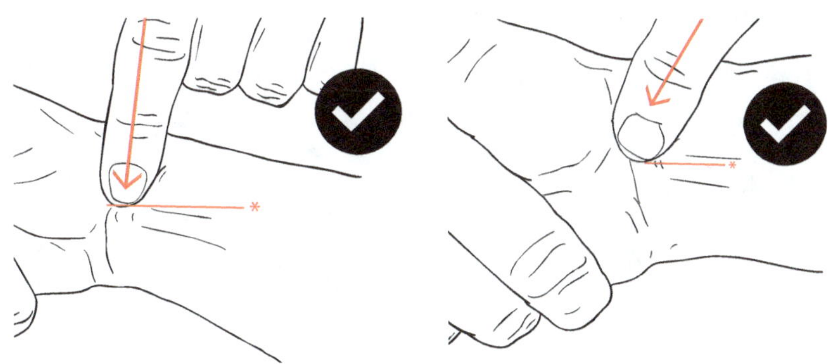

Ilustración 32a: Pulso Yin Wei   Ilustración 32b: Pulso Gran Vaso

(*Tendón flexor radial del carpo)

Las ilustraciones **33a** y **33b** muestran las diferentes localizaciones de las almohadillas del Pulso Cun (central) y el pulso del Gran Vaso (medial).

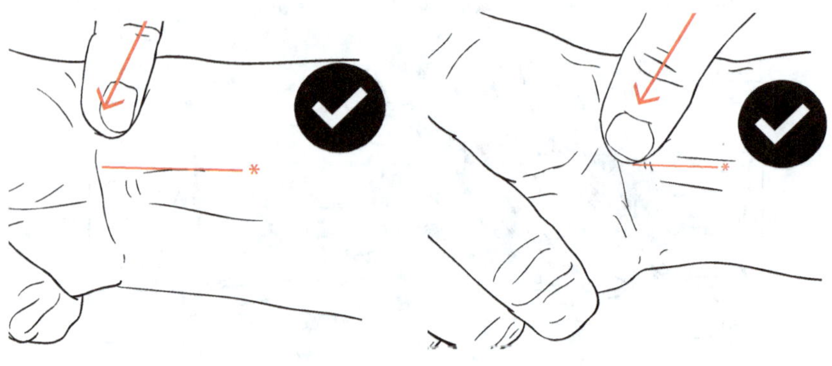

Ilustración 33a: Pulso Cun   Ilustración 33b: Pulso Gran Vaso

(*Tendón flexor radial del carpo)

Pulso Válvula Mitral (ilustración 34):

La localización del pulso Válvula Mitral es la más lateral de todos los pulsos de la región Cun. La rama lateral de la arteria radial (la misma que el Pulso Yang Wei) continúa en dirección lateral, bajo los tendones del abductor largo y el extensor largo del pulgar. En condiciones específicas de las válvulas, puede sentirse un pulso diferente encima del tendón abductor largo del pulgar.

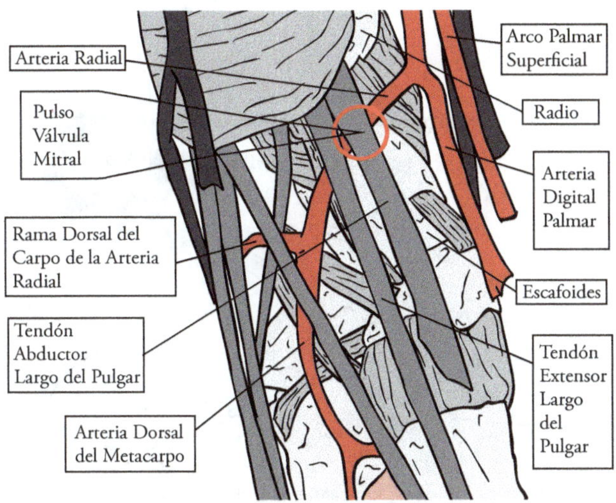

Ilustración 34: Pulso Válvula Mitral
(Vista lateral radial, lado radial del antebrazo en el pliegue de la muñeca)

La ilustración **35** muestra la localización correcta y la palpación del pulso Válvula Mitral. El pulso Válvula Mitral se evalúa del lado izquierdo. Se pone la almohadilla del dedo índice encima del tendón del abductor largo del pulgar con poca presión que luego se incrementará gradualmente. La arteria radial lateral se puede palpar encima del tendón del abductor largo del pulgar cuando hay condiciones de la válvula cardiaca. Es importante ver que el pulso de la Válvula Mitral no se palpa con el dedo en contacto directo con la arteria radial lateral puesto que la arteria está por debajo del tendón. Por lo tanto, si se siente un pulso encima del tendón abductor largo del pulgar, es debido a una fuerte pulsación de la arteria que hay debajo del tendón que hace que el tendón empuje como si hubiera una arteria encima del tendón. El historial clínico y la experiencia clínica personal han verificado la relación entre el pulso Válvula Mitral y las condiciones generales de las válvulas cardiacas (predominantemente la válvula mitral). La presencia de este pulso en el lado derecho puede indicar un problema valvular, ya sea la válvula tricúspide o la pulmonar. En este caso se necesitará de más investigación.

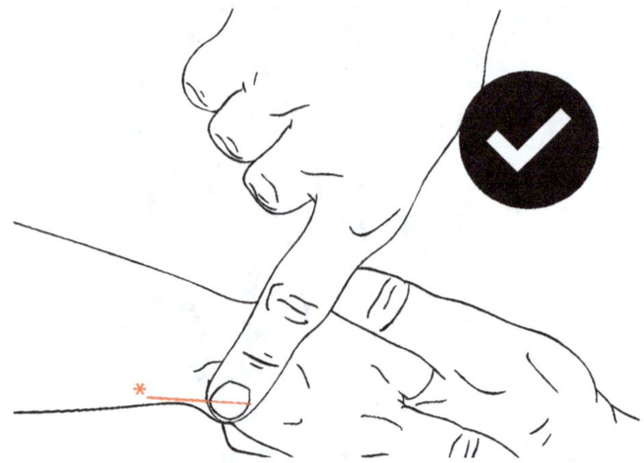

Ilustración 35: Palpación del Pulso Válvula Mitral
(*Tendón abductor largo del pulgar)

La palpación del pulso central Cun es única al resto de las posiciones de pulso. Primero, la posición de la almohadilla del dedo índice en el centro del "valle" Cun, entre el hueso escafoides proximal y la apófisis estiloides distal radial. Luego, la recolocación del anclaje del pulgar de la mano que diagnostica desde la región de la muñeca en el punto SJ4 hasta el medio de la parte dorsal de la mano del paciente (ilustración 36). Este movimiento favorece la alineación del dedo índice que diagnostica sobre la posición Cun. Siguiendo la colocación de anclaje del pulgar, rota el dedo índice 30-40 grados hacia el hueso escafoides del paciente (ilustración 37). Este ajuste pone la almohadilla del dedo medio en la posición del pulso Cun. Un error muy común en MPD es confundir el pulso estiloides distal radial con el pulso Cun. La rotación del dedo índice es un paso esencial para palpar correctamente el pulso Cun y apartar el pulso estiloides distal.

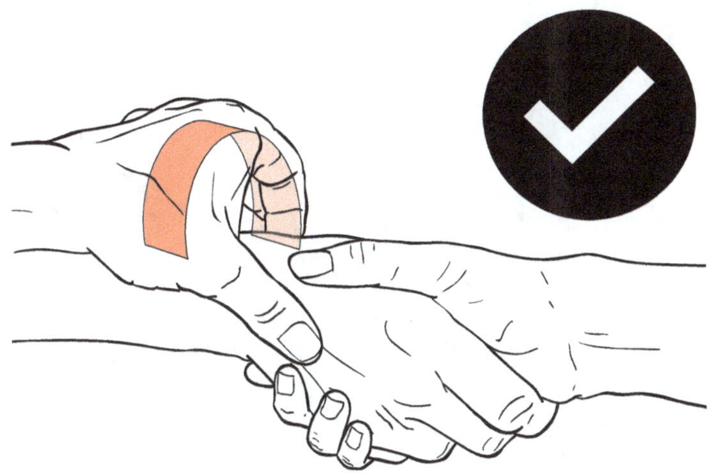

Ilustración 36: Recolocar el anclaje del pulgar desde la región de la muñeca hasta la región de la mano

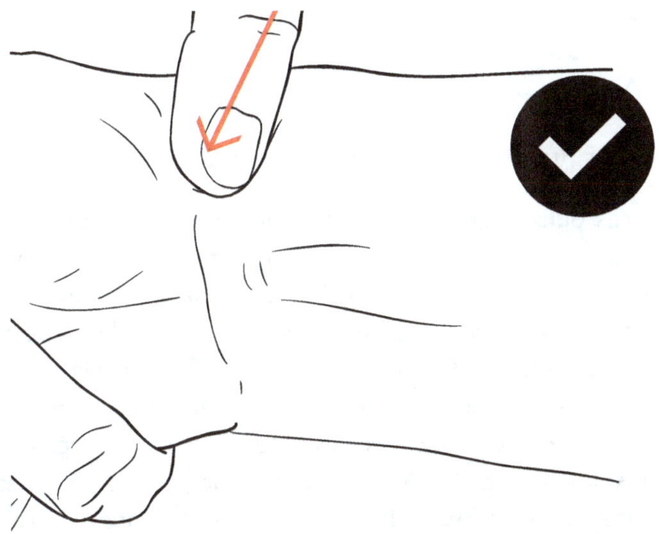

Ilustración 37: Dedo índice rotado al palpar el pulso Cun

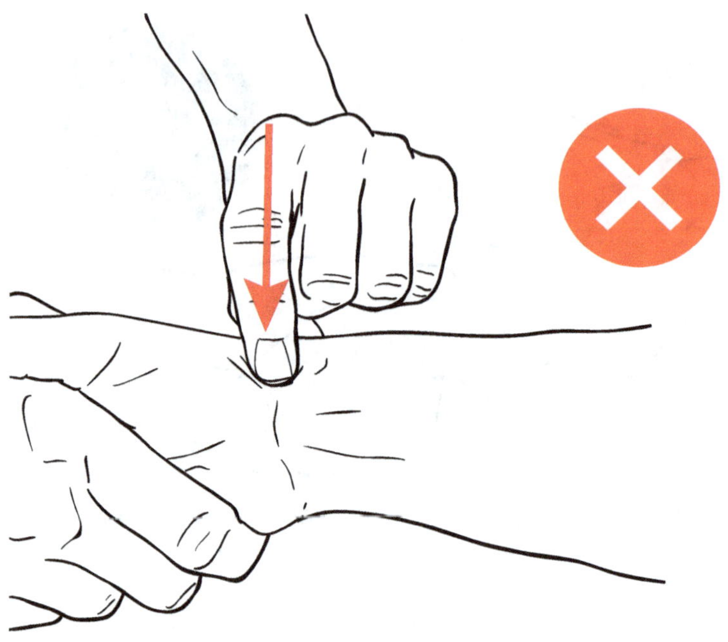

Ilustración 38: El dedo índice no está rotado

Paso 9 – Los Pulsos Estiloides y el Pulso Guan

Hay tres pulsos diferentes localizados en las inmediaciones de la apófisis estiloides de la arteria radial. Estos tres pulsos se llaman Pulso Estiloides Distal, Ápice del Estiloides y Pulso Estiloides Proximal. Están localizados entre las posición Cun y Guan. La ilustración **39** muestra cada uno de estos pulsos estiloides. Para analizar cada pulso individualmente, primero, usamos la almohadilla del dedo índice para identificar el ápice de la apófisis estiloides radial. Esta localización resaltará el Ápice de la Estiloides. Desde esta posición palpa distalmente para localizar el Pulso Estiloides Distal y proximalmente para el Pulso Estiloides Proximal. Mantén el dedo índice en ángulo perpendicular para palpar el Ápice de la Estiloides. Palpa la Estiloides Distal y el Ápice rotando el dedo índice desde el ápice hacia cada dirección.

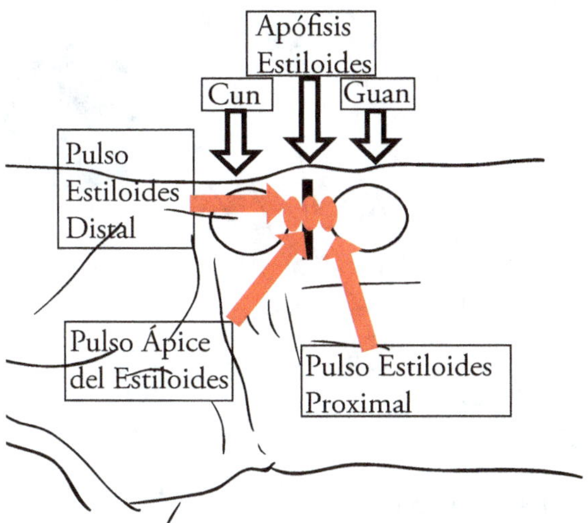

Ilustración 39: Pulsos Estiloides Distal, Proximal y Ápice

Como se ha discutido en el Paso 7, la apófisis estiloides sirve como separación entre las zonas Cun y Guan. Extender el dedo índice y el dedo medio a cada lado de la apófisis estiloides se denomina "separar" la estiloides y es necesario para una localización correcta de la posición Guan.

El principiante de MPD puede localizar y palpar el pulso Guan al "separar" la apófisis estiloides (ilustración 40) y por tanto sustituir el dedo medio por el dedo índice en la posición Guan (ilustración 41). Otra técnica es localizar el pulso del ápice de la apófisis estiloides, sobre la arteria radial, con el dedo índice y mover el dedo índice proximalmente pasado la apófisis estiloides. Al palpar, mantén el dedo índice en ángulo perpendicular como se muestra en la ilustración 41.

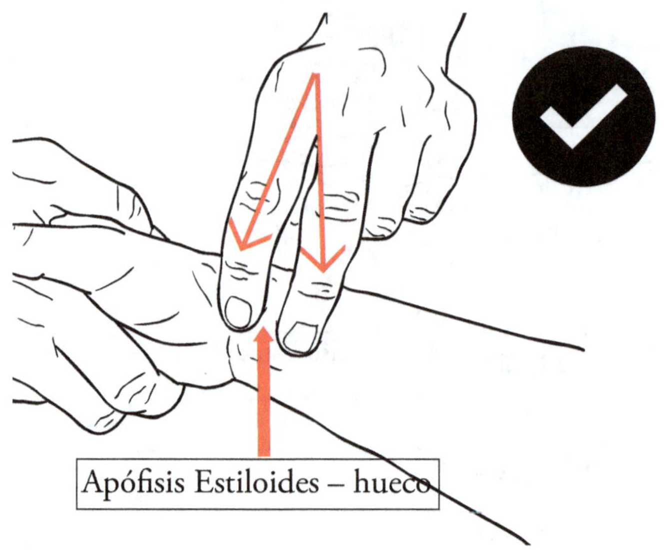

Ilustración 40: Separación de los dedos medio e índice para localizar correctamente las posiciones Cun y Guan

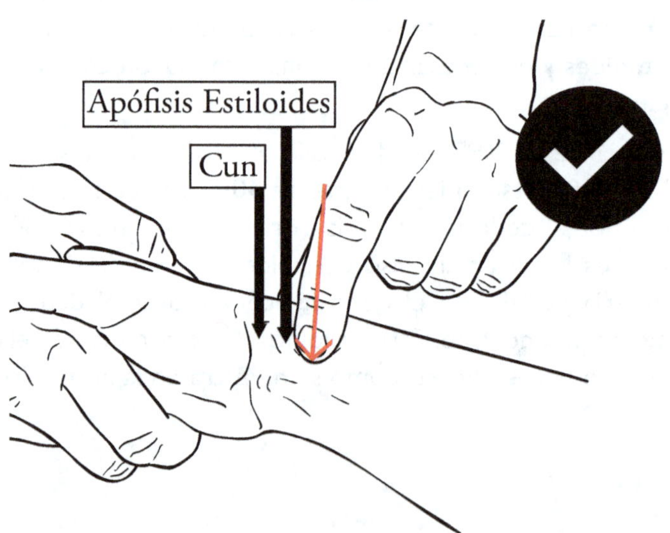

Ilustración 41: Pulso Guan

Paso 9 – Error: Ladear el Dedo que Diagnostica en la Posición Guan

En el análisis del pulso Guan, es necesario que la almohadilla del dedo que diagnostica mantenga una posición perpendicular. Rotar el dedo distalmente en esta posición introduce el pulso Proximal Distal y compromete el diagnóstico del pulso Guan (ilustración 42).

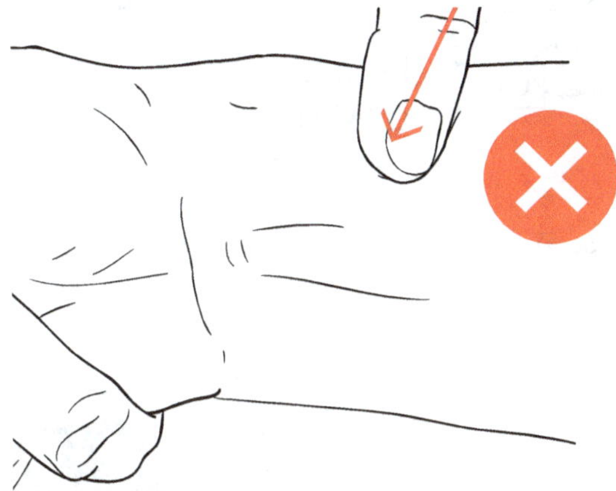

Ilustración 42: Rotación incorrecta del dedo índice en la posición Guan

Paso 10 – La Posición Chi y las Posiciones Proximales

La técnica para una correcta identificación de la posición Chi se denomina "La Técnica de la Regla". Primero, el dedo índice y el dedo medio de la mano que diagnostica "separa" la estiloides para identificar las posiciones Cun y Guan correctas (ilustración 43a). Luego, ambos dedos se desplazan proximalmente, donde la almohadilla del dedo índice se coloca en la posición Guan y la almohadilla del dedo medio en la posición Chi (ilustración 43b). La anchura de la apófisis estiloides, la cual separa las posiciones Cun y Guan, es también la distancia justa de la separación entre las posiciones Guan y Chi. Un último cambio proximal en los dedos que diagnostican posiciona la almohadilla del dedo índice sobre la posición Chi para una palpación óptima. Mantén el dedo que diagnostica en ángulo perpendicular a la arteria radial.

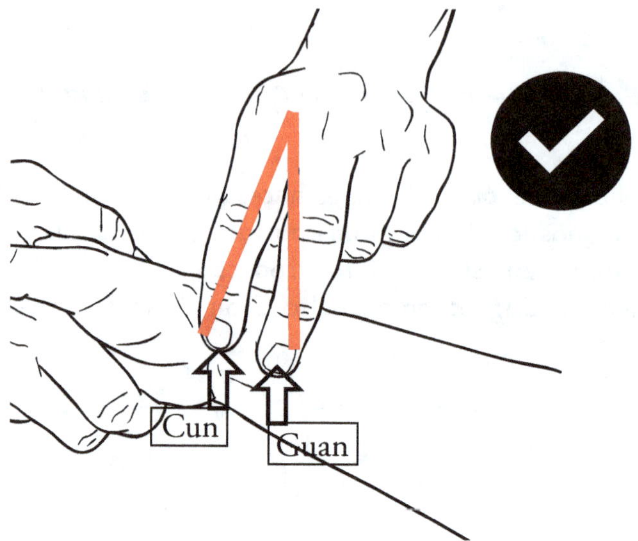

Ilustración 43a: Separar las posiciones Cun y Guan para la Técnica de la Regla

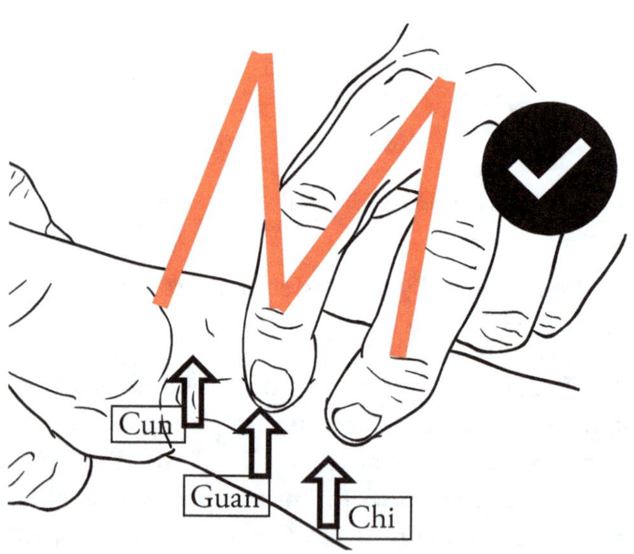

Ilustración 43b: La Técnica de la Regla para la localización de las posiciones Guan y Chi

La ilustración **44** muestra el lugar correcto del dedo índice de la mano que diagnostica sobre la posición Chi. El dedo índice, medio y anular que diagnostican tocan y crean una herramienta diagnóstica alargada, en ángulo perpendicular a la arteria radial, para analizar las posiciones de pulso Proximales. Varias patologías vistas en los pulsos proximales se extienden a lo largo de varias posiciones de dedos en la dirección proximal de la arteria radial. Los tres dedos que diagnostican funcionan como una unidad, y se desplazan proximalmente para palpar la cualidad de estos pulsos Proximales. Usa la almohadilla del dedo índice al palpar las presentaciones de los pulsos Proximales que requieren una sensibilidad táctil mayor. Mantén los dedos que diagnostican en ángulo perpendicular para analizar los pulsos Proximales.

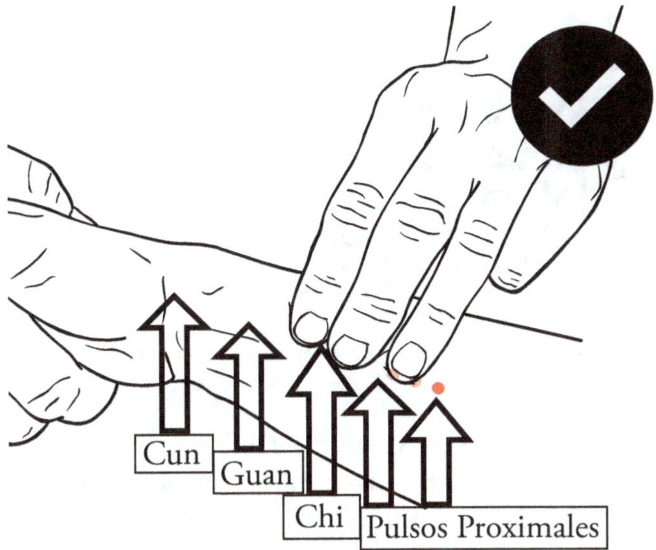

Ilustración 44: Localización correcta de las posiciones Chi y Proximales

Paso 10 – Error: Espacio Inadecuado de los Dedos en las Posiciones Guan y Chi

La ilustración 45 muestra un espacio incorrecto entre las posiciones Guan y Chi comprometiendo así el diagnóstico correcto de los pulsos Chi y Proximales.

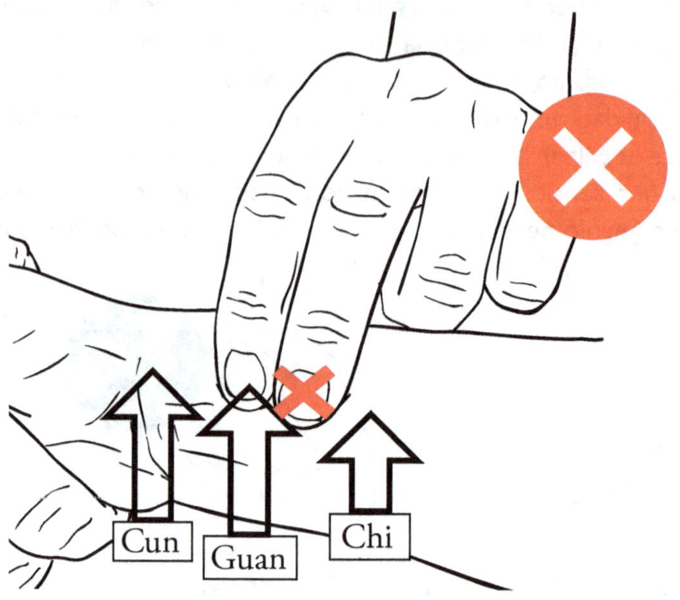

Ilustración 45: Incumplir la "Técnica de la Regla" distorsiona un análisis apropiado de los Pulsos Chi y Proximales

Los pulsos Cun, Estiloides, Guan y Chi representan pulsos fisiológicos que siempre muestran una condición del pulso sana (fisiológica) o anormal (patológica). Los pulsos Yin Wei, Yang Wei, Gran Vaso, Válvula Mitral y Proximales también muestran una condición sana o anormal.

Las posiciones Cun, Estiloides, Guan y Chi tienen una sección central contenida por una sección proximal, distal, medial y lateral. Cada parte puede resaltar diferente información anatómica y fisiológica. Con experiencia, el profesional de MPD desarrolla una sensibilidad refinada para distinguir estas secciones diferentes para mejorar la precisión del diagnóstico.

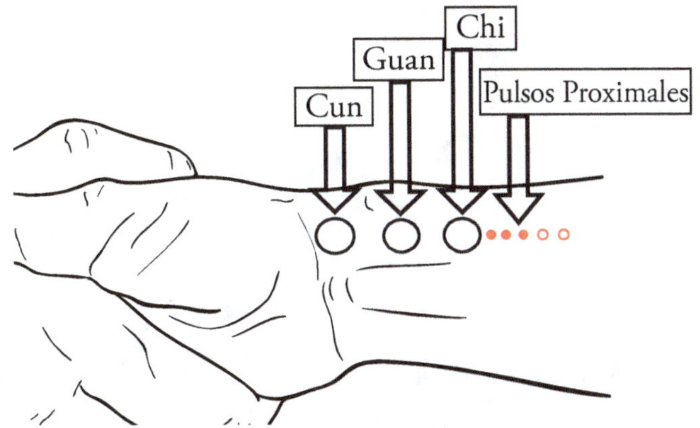

Ilustración 46: Localización de los pulsos Cun, Guan, Chi y Proximales

Paso 11 – Pulso Braquial

Los pasos 1-10 son las instrucciones esenciales para un correcto posicionamiento diagnóstico MPD de la arteria radial. Los pasos 11-12 son procedimientos adicionales enfocados en la palpación de la zona del codo para destacar información diagnóstica relevante. Tras palpar los pulsos en la muñeca, palpa el pulso Braquial en la zona del codo. Este pulso es importante para un diagnóstico correcto de los pacientes con condiciones vasculares agudas que distorsionan la circulación arterial en la parte inferior del brazo.

Empieza el proceso flexionando y estabilizando el codo del paciente. Usa los dedos índice y medio de la mano contraria para palpar el pulso braquial, localizado medial al tendón braquial del bíceps en el pliegue antecubital. Este pulso puede palparse también en una dirección un poco proximal, entre el bíceps y el músculo braquial (ilustración **47 y 48**).

Hay situaciones en las que los pulsos radiales del paciente muestran una presentación sistemáticamente débil u obstruida, aunque el pulso Braquial sea fuertemente palpable (p. ej. inflamación sistémica). En estos casos, la circulación sanguínea está obstruida en la parte inferior del brazo, y el diagnóstico de la presentación del pulso Braquial se torna relevante. Es incorrecto tratar a estos pacientes con una estrategia de plantas que tonifiquen tras haber evaluado la calidad del pulso radial.

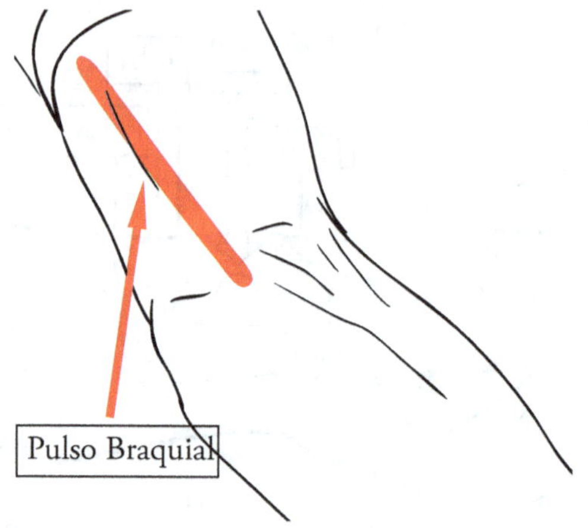

Ilustración 47: Pulso Braquial

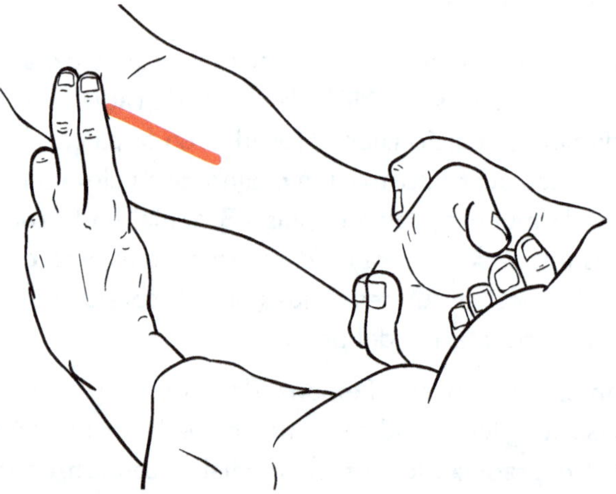

Ilustración 48: Palpación del Pulso Braquial

Paso 12 – Temperatura Lateral del Codo

El paso diagnóstico final implica usar el lado dorsal de la mano que diagnostica para Palpar la temperatura general de la piel de la zona lateral del codo del paciente. Palpa la temperatura de la piel sobre el músculo braquioradial en el nivel del pliegue del codo. Esta zona está entre los puntos de acupuntura IG11 (Intestino Grueso) e IG10, como se muestra en la ilustración 49.

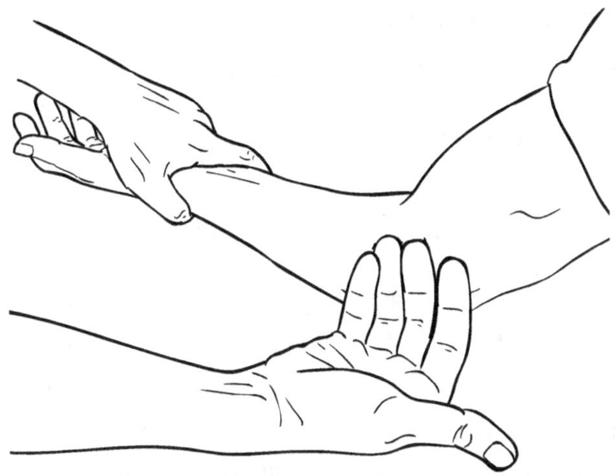

Ilustración 49: Tomando la temperatura de la zona lateral del pliegue del codo

(Vista lateral del lado radial del codo y antebrazo)

La palpación de una temperatura fresca o fría de la piel describe una función digestiva débil. En estos casos, es apropiada la incorporación de fórmulas para reforzar la digestión, tales como Ping Wei San o An Zhong San.

Indica al paciente que lleve camisetas de manga larga que se remangue las mangas antes del proceso MPD. Esto da el tiempo suficiente a la temperatura del codo lateral para ajustarse para una evaluación correcta de la temperatura.

Aunque no es común, algunos pacientes tienen una arteria radial que está anatómicamente desplazada. En estos casos, la arteria radial se desvía a la parte dorsal/posterior de la muñeca al contrario que la posición ventral/anterior estándar. Este problema se presenta a menudo solo en un lado, y un diagnóstico apropiado se consigue al analizar el pulso del lado normal y el pulso braquial.

Diez Errores Comunes y Cómo Evitarlos

1. Asegura una palpación correcta de los cinco pulsos alrededor del Cun (Cun, Yin Wei, Yang Wei, Gran Vaso y Válvula Mitral). Es importante que el Yin Wei y Gran Vaso se evalúen solo en el lado izquierdo.

2. Al analizar el Cun, rota distalmente la almohadilla del dedo índice de la mano que diagnostica 30-40 grados hacia el hueso escafoides. El dedo índice que diagnostica se rota un poco para el pulso Estiloides Distal y Proximal. No rotes los dedos que diagnostican para los pulsos del Ápice del Estiloides, Guan, Chi y Proximales.

3. El pulso del Gran Vaso se localiza justamente en la unión del pliegue de la muñeca del arco palmar superficial, el tendón flexor radial del carpo y el hueso escafoides. Los pulsos comprimidos de punta de bolígrafo distales o mediales a esta unión no se consideran un pulso Gran Vaso.

4. No confundas el Yin Wei o Yang Wei con el Cun. Palpa el Cun con la almohadilla rotada en la región central del "valle" Cun. Palpa el Gran Vaso rotando un poco y los otros pulsos del "valle" Cun con la almohadilla del dedo en ángulo perpendicular.

5. "Separa" correctamente la apófisis estiloides radial para localizar las posiciones Cun y Guan. Al palpar la posición Guan, asegura que la almohadilla del dedo que diagnostica no está en la Estiloides Proximal.

6. Tras la correcta "separación" de la apófisis estiloides radial, usa la "Técnica de la Regla" para identificar correctamente la posición Chi. Los pulsos Proximales se localizan inmediatamente proximales a la posición Chi y pueden extenderse varios dedos más allá en dirección proximal.

7. La posición incorrecta de las almohadillas demasiado mediales, adyacentes al tendón flexor radial del carpo, comprometen un correcto diagnóstico por el pulso.

8. Palpa los pulsos predominantemente usando la almohadilla del dedo de la mano que diagnostica. Incluye las otras almohadillas en la palpación de los pulsos Proximales o testa los pulsos sistémicos descritos en el Capítulo 7. No palpes los pulsos con una presión desmesurada que bloquee la arteria radial.

9. Palpa el pulso Braquial en presencia de pulsos sistémicos débiles u obstruidos. Si el pulso Braquial es de una cualidad fuerte, no diagnostiques basándote en una circulación arterial radial comprometida.

10. Palpa la temperatura general de la piel en la región radial/lateral del pliegue del codo. Esta temperatura señala la función del sistema digestivo del paciente.

4

Las Posiciones de los Pulsos – Correspondencias Anatómicas y Condiciones

Cada posición de un pulso específico se corresponde con diferentes sistemas de órganos biofísicos y regiones anatómicas del cuerpo. El análisis MPD puede mostrar los estados estructurales y funcionales de estos componentes anatómicos concretos.

Uno de los descubrimientos más innovadores de la Medicina China es la visión altamente integrada del cuerpo, lo que implica los sistemas orgánicos internos, los sistemas neuro-vasculares, y el sistema musculo-esquelético externo. Estas conexiones biofísicas generan la expresión de las expresiones víscero-somática (órgano-cuerpo), somato-visceral (cuerpo-órgano), somato-somático (cuerpo-cuerpo) y víscero-visceral (órgano-órgano) del cuerpo. En la práctica de la Medicina China, el reconocimiento de estos mecanismos integrados que corresponden a enfermedades dirige las acciones terapéuticas apropiadas.

El análisis MPD de las posiciones de pulso específicas clarifica la condición física de los sistemas de órganos y regiones anatómicas. El análisis completo del pulso informa al profesional de las múltiples condiciones patológicas que influencian los cuadros clínicos de cada paciente. Este diagnóstico completo guía a la estrategia de tratamiento más efectiva de MPD.

El siguiente texto describe las correspondencias anatómicas y las condiciones de cada posición de pulso en detalle. El principiante de MPD debe memorizar estas correspondencias anatómicas específicas para diagnosticar las condiciones del paciente con eficiencia.

La ilustración 50 muestra todas las posiciones de pulso MPD del brazo derecho. Las posiciones de pulso del brazo izquierdo son idénticas al derecho, con la inclusión del pulso de la válvula mitral.

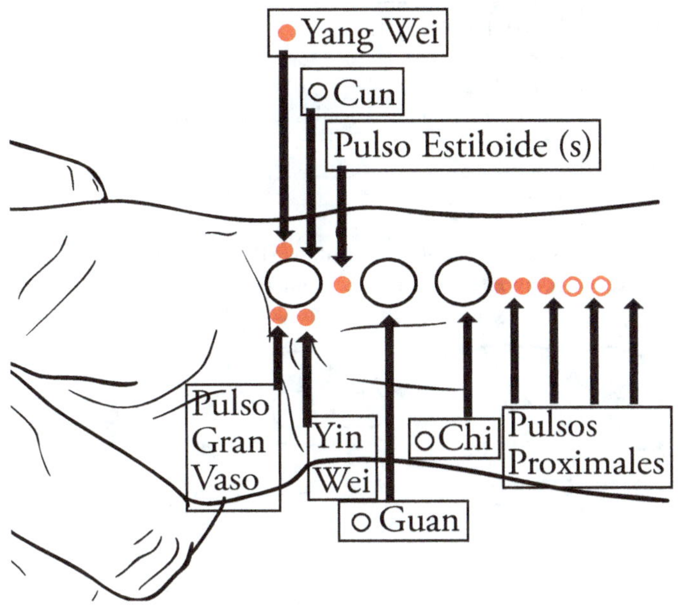

Ilustración 50: Localizaciones de los Pulsos Cun, Guan, Chi, Yang Wei, Yin Wei, Gran Vaso, Estiloides y Proximales

Brazo Derecho

Pulso Cun Derecho

La posición del pulso Cun derecho (ilustración 51) informa de la condición de la región de la cabeza, con un enfoque particular sobre los senos paranasales del tracto respiratorio superior. Las presentaciones de los pulsos específicos también resaltan el estado vascular de la región de la cabeza/cerebro y pueden revelar lesiones antiguas de la cabeza y la expresión de condiciones de vértigo, oído interno y ojo. Esta posición también aporta una evaluación de la salud general del sistema inmune, respuestas alérgicas a alergias aéreas, gripe y resfriados agudos.

El Cun derecho también informa de la condición del Intestino Grueso. Esta posición puede indicar la función peristáltica, pólipos, hemorroides y síntomas asociados con diverticulitis, diverticulosis y síndrome de intestino irritable (SII).

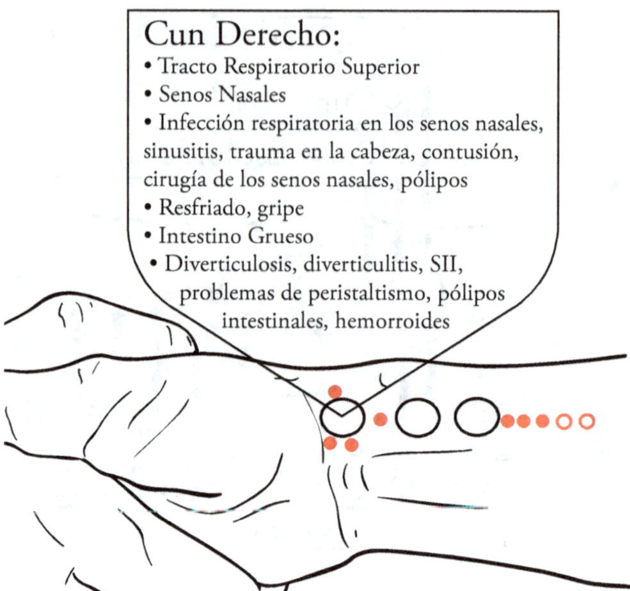

Ilustración 51: Posición del pulso Cun derecho y su correspondencia del tracto respiratorio superior, el intestino grueso y las condiciones asociadas

Pulso Yang Wei Derecho

La posición del pulso Yang Wei derecho (ilustración 52) informa de las condiciones del tracto respiratorio inferior. Las condiciones más comunes representadas son asma, bronquitis, EPOC, inflamación respiratoria general y resfriados agudos.

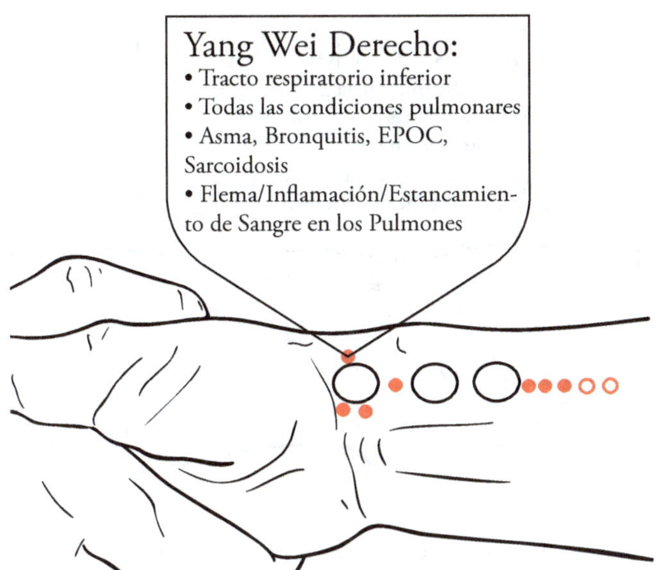

Ilustración 52: Posición del pulso Yang Wei derecho y su correspondencia con el tracto respiratorio inferior y las condiciones asociadas

Pulsos Estiloides Derechos

Los pulsos de la región estiloides radial derecha corresponden con la anatomía de la garganta (faringe, laringe, tráquea, tiroides y esófago). Los diagnósticos clínicos más comunes son: el pulso Estiloides Distal representa la región superior de la garganta y el síntoma típico de goteo post nasal. El pulso del Ápice del Estiloides puede diagnosticar condiciones de la glándula tiroides y faringitis. El pulso Estiloides Proximal puede diagnosticar reflujo ácido y hernias esofágicas.

La ilustración 53 muestra las correspondencias anatómicas y las condiciones de las posiciones del Estiloides derecho. La ilustración 54 muestra la localización de los tres pulsos Estiloides.

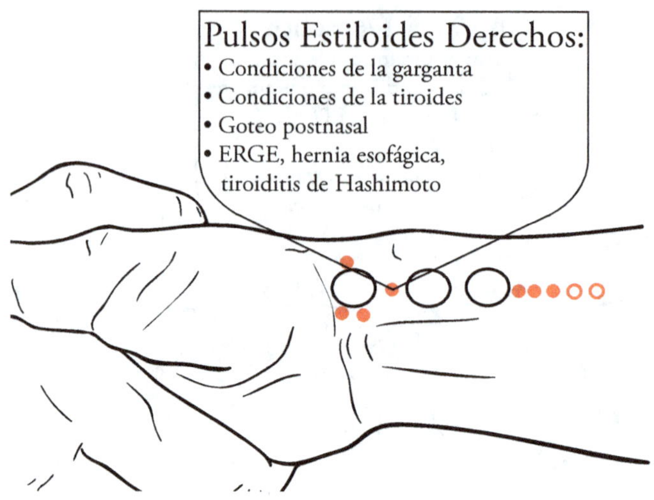

Ilustración 53: Pulsos Estiloides derechos y sus correspondencias con las enfermedades de la garganta, p. ej. enfermedades de la glándula tiroides, goteo post nasal, hernia esofágica y reflujo ácido

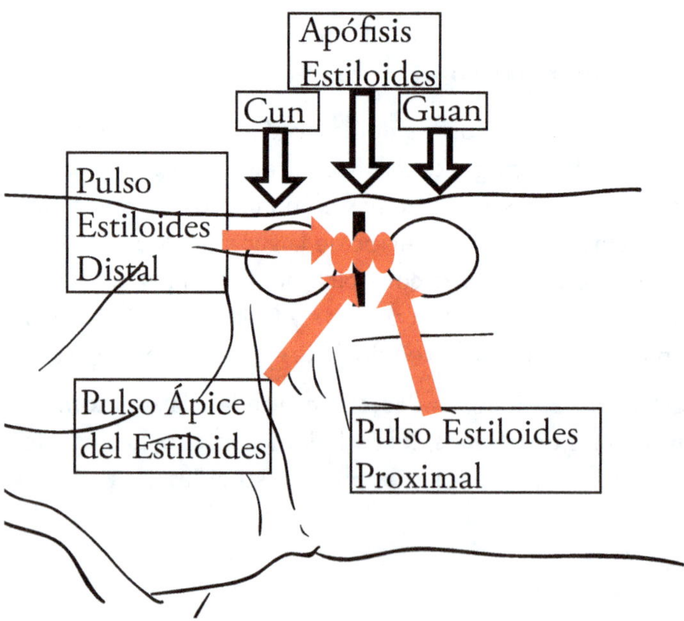

Ilustración 54: Localización de las posiciones de los pulsos Distal, Ápice y Proximal del Estiloides

Pulso Guan Derecho

La posición del pulso Guan derecho (ilustración 55) corresponde con los órganos del estómago y el páncreas. Esta región informa sobre el estado funcional del sistema digestivo y de condiciones gastrointestinales específicas. Las presentaciones de pulsos específicas se relacionan con condiciones médicas comunes occidentales, tales como gastritis, H. Pylori y úlceras gástricas. En combinación, las presentaciones de pulso específicas del Guan derecho e izquierdo pueden representar el desarrollo de diabetes tipo 2 y resistencia a la insulina.

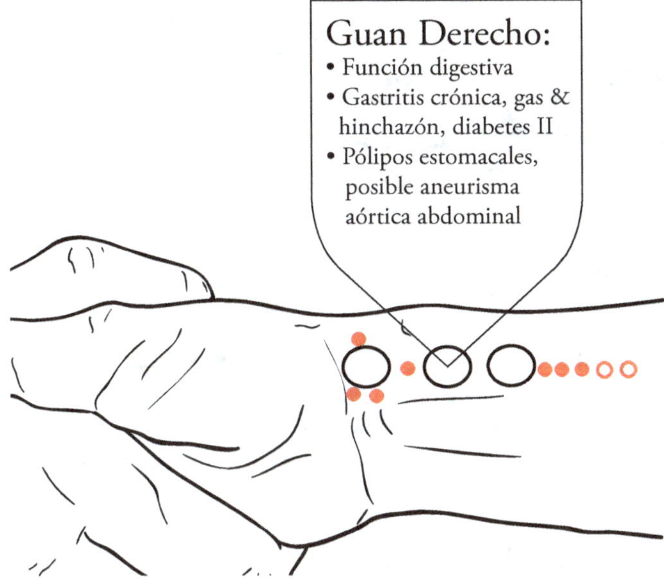

Ilustración 55: Posición del pulso Guan derecho y su correspondencia con condiciones gastrointestinales relacionadas con el estómago y páncreas

Pulso Chi Derecho

La posición del pulso Chi derecho (ilustración 56) se corresponde con la función de los riñones, vejiga y el sistema urinario. Enfermedades renales, cálculos renales (específicamente el uréter derecho), infecciones del tracto urinario (ITU) e incontinencia urinaria son las condiciones clínicas más comunes presentadas en el Chi derecho. La combinación en particular de los pulsos Chi derecho e izquierdo representan problemas de próstata.

Esta posición también corresponde con la región torácica superior y la cintura escapular, haciendo hincapié en el manguito de los rotadores. Hombro congelado, daño en el tejido del hombro, tensión muscular torácica, osteofitos torácicos y daño vertebral son condiciones potenciales.

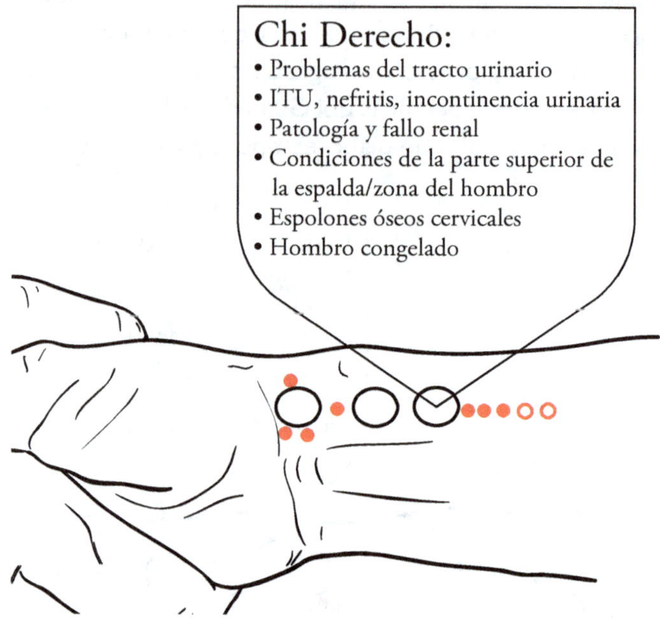

Ilustración 56: Posición del pulso Chi derecho y su correspondencia con los riñones, sistema urinario y las regiones torácicas y del hombro

Pulsos Proximales Derechos

La posición del pulso Proximal derecho (ilustración 57) informa sobre el estado funcional de la región torácica/cervical superior. Clínicamente, los pulsos Proximales derechos reflejan dolor en el cuello y problemas relacionados, tales como torcedura/tensión, osteofitos cervicales, hernias de disco, nervios espinales comprimidos, dolores de cabeza crónicos y migrañas.

Cuando se identifican junto con los pulsos específicos del Chi derecho, los pulsos Proximales derechos representan condiciones del sistema urinario. También, una presentación de pulso superficial y que golpea en ambos lados indica un nivel bajo de intoxicación química o múltiples sensibilidades químicas.

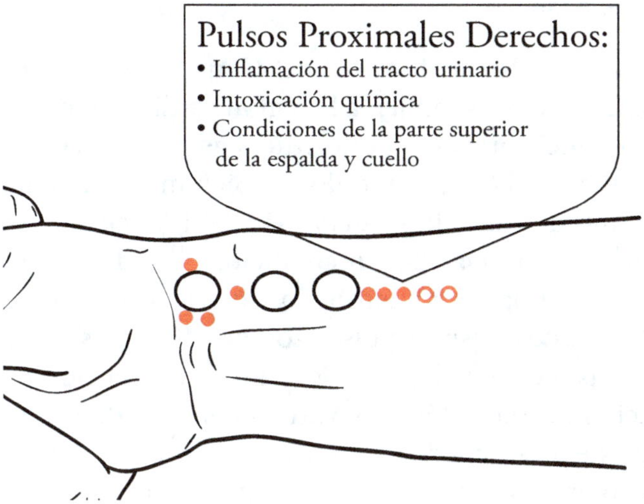

Ilustración 57: Posición del pulso Proximal derecho y su correspondencia con la región torácica/cervical superior, sistema urinario e intoxicación química potencial

Brazo Izquierdo

Cun Izquierdo

Todos los pulsos del "valle" del Cun, excepto el pulso Yang Wei izquierdo, corresponden a la región cardiaca e informa de las condiciones del corazón y pericardio. Las presentaciones de pulsos específicas del Cun izquierdo también muestran condiciones del intestino delgado. Los pulsos Yin Wei, Gran Vaso y Válvula Mitral, están asociados con condiciones cardiacas, y solo son evaluables en el lado izquierdo. La experiencia clínica ha demostrado que estos mismos pulsos son herramientas de diagnóstico inconclusas en el lado derecho. La única excepción podría ser la palpación del pulso Válvula Mitral en el lado derecho. La presencia de este pulso puede ser indicativa de un problema valvular, tanto de lo que hay entre el atrio y ventrículo derecho o de la válvula pulmonar. En este caso es necesario investigar más.

Los pulsos del "valle" del Cun, relacionados con la salud del corazón, son esenciales en la práctica clínica. De acuerdo con la Asociación Americana del Corazón, la enfermedad cardiovascular es la causa principal de muerte en los Estados Unidos. La enfermedad cardiovascular representa de un 31% del total de muertes en 2013, con una estimación de que ese número incremente drásticamente en 2030. En los Estados Unidos, la enfermedad cardiovascular mata a más gente cada año que todas las formas de cáncer y condiciones crónicas respiratorias combinadas. Se publicó en 2016 un estudio de seguimiento del Estudio del Corazón de Framinghan (actualmente analizando la 3ra generación de participantes) que diagnosticó a cerca del 60% de los participantes (con una media de 51 años) con fallo cardiaco preclínico.

La prevalencia de enfermedad cardiaca preclínica ha sido de forma convincente validada durante veinte años de experiencia clínica con más de 500.000 visitas de pacientes. El perfeccionamiento de los pulsos del Cun izquierdo y sus condiciones cardiacas relacionadas se ha desarrollado junto a casos clínicos detallados de pacientes y confirmación constante de test de diagnóstico cardiaco. MPD puede revelar la función insuficiente específica del sistema cardiaco y puede de ese modo llevar a terapias fitoterapéuticas profilácticas y correctivas.

La posición del pulso Cun izquierdo (ilustración 58) puede informar de condiciones cardiacas tales como insuficiencia cardiaca preclínica, enfermedad de la arteria coronaria, espasmos arteriales coronarios y angina de pecho. Esta posición también destaca los síntomas comunes en pacientes como fatiga crónica, insomnio y ansiedad. La experiencia clínica ha demostrado que estos síntomas clínicos comunes se relacionan con varias disfunciones del corazón y el sistema vascular.

La posición del pulso Cun izquierdo puede revelar condiciones del intestino delgado tales como la enfermedad de Chron, colitis ulcerosa, enteritis y síntomas de gas e hinchazón, si el factor causante es un intestino delgado disfuncional.

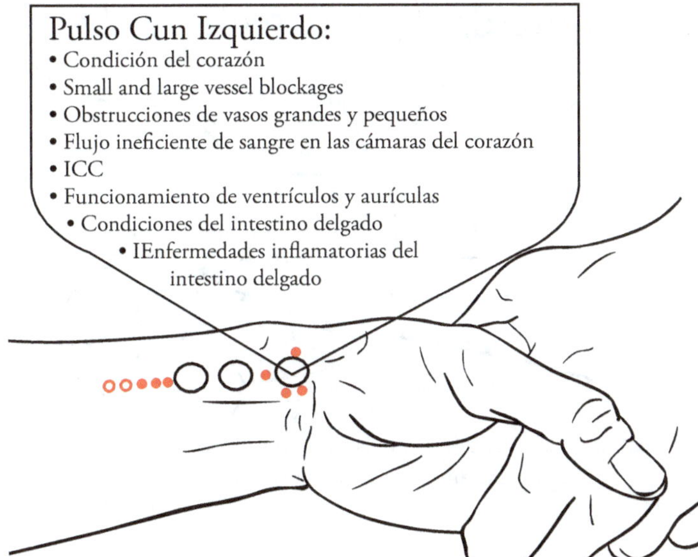

Ilustración 58: Posición del pulso Cun izquierdo y su correspondencia con la condición del corazón, pericardio e intestino delgado

La ilustración **59** y **60** detallan las regiones anatómicas de la posición del pulso Cun izquierdo. Con la experiencia, el MPD da información diagnóstica refinada con respecto a la condición funcional de regiones específicas del corazón.

La ilustración **59** muestra las regiones medial (ulnar) y lateral (radial) de la posición Cun izquierda. El lado medial corresponde con la parte derecha de la vasculatura coronaria, y el lado lateral corresponde con el lado izquierdo de la vasculatura coronaria.

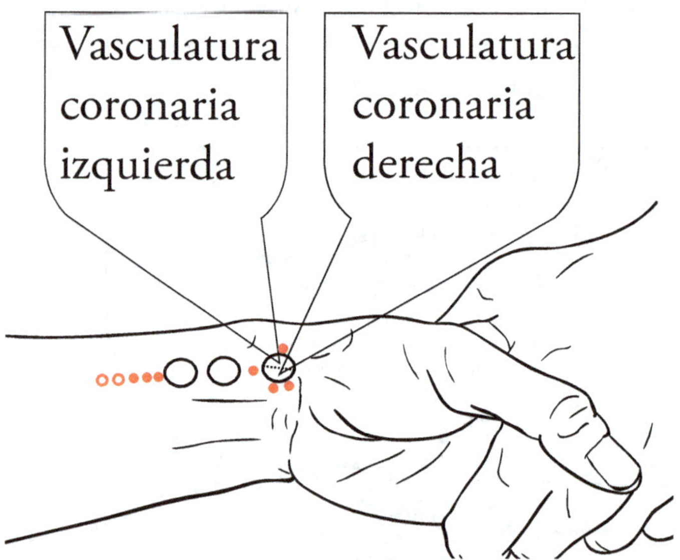

Ilustración 59: Posición del pulso Cun izquierdo y la localización de la vasculatura coronaria derecha e izquierda

La ilustración **60** muestra las regiones distal y proximal de la posición del pulso Cun izquierdo. El lado proximal se corresponde con la vasculatura coronaria y la función de los ventrículos. El lado distal se corresponde con la vasculatura coronaria y la función de los atrios. El diagnóstico diferencial de las condiciones médicas occidentales del corazón suelen relacionarse con compensaciones estructurales y funcionales específicas de estas regiones del corazón. Las regiones proximal y distal del Cun facilitan la comparación entre el tamaño de los atrios y los ventrículos, fuerza y salud vascular, lo cual se relaciona con muchas condiciones médicas occidentales cardiacas. La insuficiencia cardiaca, varias cardiomiopatías, y la regurgitación de la válvula mitral se corresponden con estas regiones del Cun izquierdo.

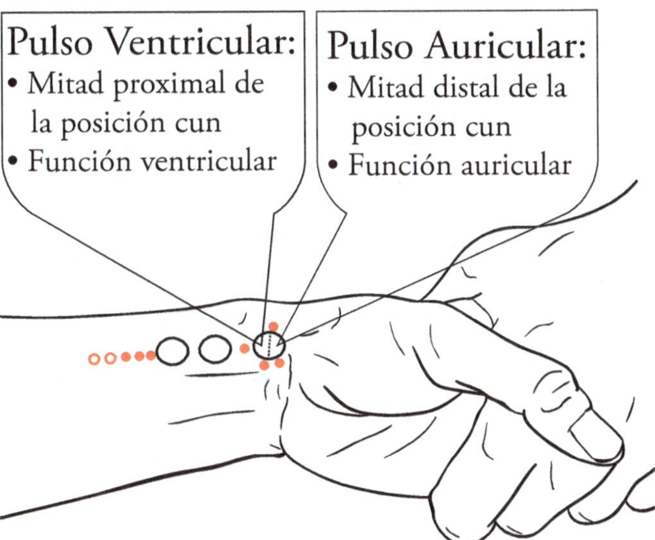

Ilustración 60: Posición del pulso Cun izquierdo y localización de las regiones auriculares y ventriculares

Yin Wei

En el sistema MPD, la posición del pulso Yin Wei (ilustración 61) es analizada solo en el brazo izquierdo. La presencia de un pulso palpable en la posición Yin Wei puede ser indicativa de síntomas relacionados con el corazón, tales como falta de aliento, palpitaciones, angina de pecho y niveles potencialmente altos de lipoproteínas de baja densidad (LDL). La presencia de este pulso puede indicar enfermedad cardiaca hereditaria o factores de riesgo genéticos para el desarrollo de una enfermedad del corazón.

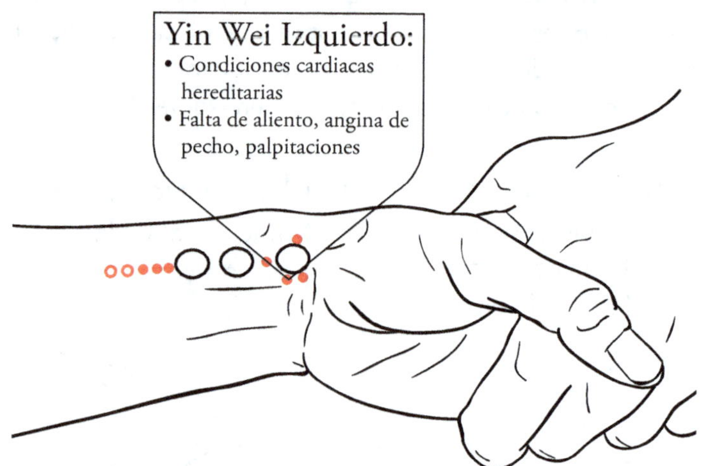

Ilustración 61: Pulso Yin Wei izquierdo y su correspondencia con condiciones hereditarias cardiacas y síntomas del corazón

Pulso del Gran Vaso

Cuando se siente, el pulso del Gran Vaso (ilustración **62**) puede representar una restricción de la circulación sanguínea en las arterias coronarias grandes. Este pulso se hace evidente cuando se siente un pulso comprimido (como la punta de un bolígrafo). Una mayor dureza y fuerza de este pulso representa una condición circulatoria deteriorada en las arterias coronarias grandes, normalmente debido a un daño en el vaso sanguíneo, estrechamiento o espasmos. El pulso del Gran Vaso se siente normalmente en combinación con los pulsos patológicos del Cun y Yin Wei izquierdos. Un paciente con un pulso inequívocamente fuerte en el Gran Vaso, con factores de riesgo de padecer enfermedad de la arteria coronaria recurrente, debe ser remitido para una prueba cardiológica inmediata.

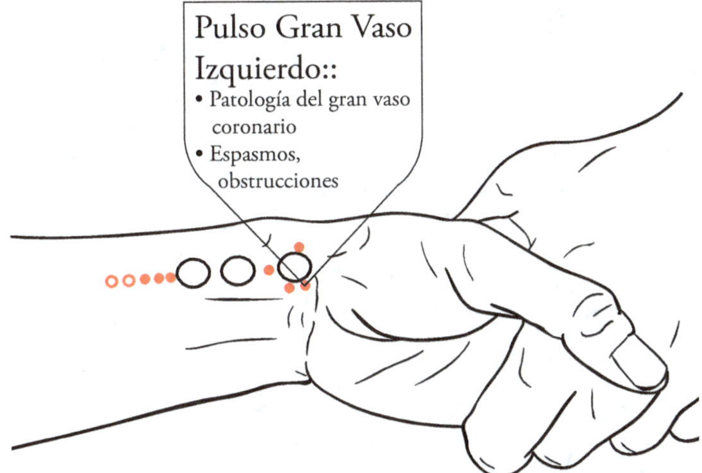

Ilustración 62: Pulso del Gran Vaso izquierdo y su correspondencia con patología del gran vaso coronario

Pulso de la Válvula Mitral

La palpación de un pulso de la Válvula Mitral notablemente marcado (ilustración 63) representa condiciones generales de la válvula del corazón, mayormente la válvula mitral. Las válvulas cardiacas mantienen una circulación sanguínea unidireccional dentro del corazón. La debilidad o rigidez de las válvulas puede llevar a la regurgitación de la sangre dentro del corazón y a un funcionamiento comprometido de ciertas cámaras del corazón. El pulso izquierdo patológico de la Válvula Mitral se siente normalmente con pulsos particulares de las regiones atriales y ventriculares del Cun izquierdo.

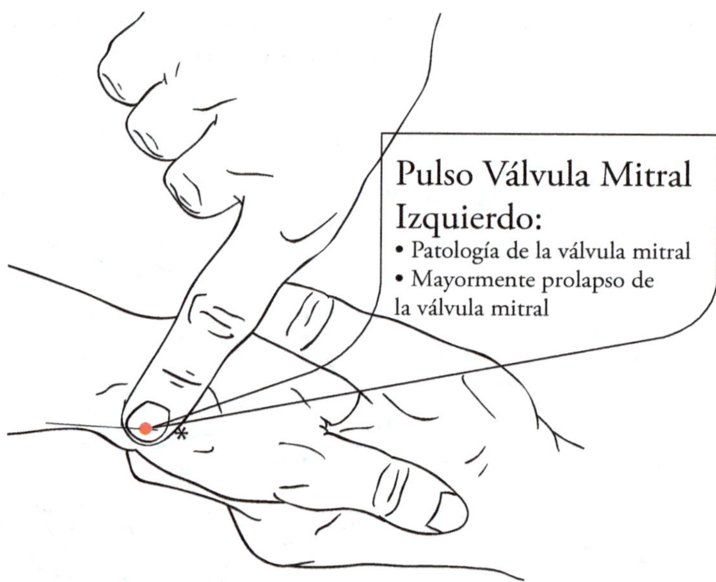

Ilustración 63: Pulso de la Válvula Mitral izquierdo y su correspondencia con condiciones valvulares del corazón (mayormente disfunción de la válvula mitral)

(*Tendón abductor largo del tendón)

Pulso Yang Wei izquierdo

La posición del pulso Yang Wei izquierdo (ilustración 64) informa de las condiciones sistémicas de las articulaciones y tejidos conectivos. La presencia de varias cualidades del pulso distinguen condiciones tales como osteoartritis, artritis reumatoide y otras afecciones reumatoides.

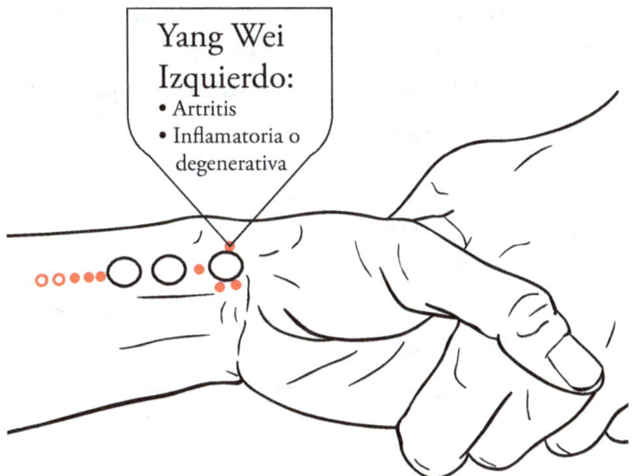

Ilustración 64: Posición del pulso Yang Wei izquierdo y su correspondencia con artritis u otras afecciones reumatoides

Pulsos Estiloides Izquierdos

Las posiciones de los pulsos Estiloides izquierdo y derecho corresponden con diferentes regiones anatómicas. La posición del pulso estiloides radial izquierdo (ilustración **65**) corresponde con la región del diafragma y las condiciones asociadas. Los diagnósticos clínicos más comunes son: en combinación con la porción ventricular del Cun izquierdo, el pulso Estiloides Distal izquierdo puede informar de la función del ventrículo izquierdo. El pulso del Ápice del Estiloides puede diagnosticar problemas diafragmáticos y hernias de hiato. El pulso Estiloides Proximal puede diagnosticar reflujo ácido y un agrandamiento potencial del hígado.

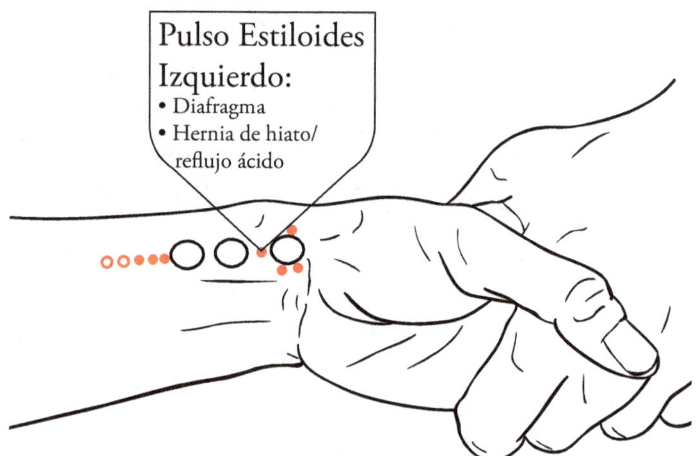

Ilustración 65: Posición del pulso Estiloides Izquierdo y su correspondencia con el diafragma, reflujo ácido y hernia de hiato

Pulso Guan Izquierdo

La posición del pulso Guan izquierdo (ilustración **66**) corresponde con el hígado y la vesícula biliar. Condiciones hepáticas y biliares, tales como hígado graso, quistes hepáticos, aneurismas de la arteria hepática y cálculos biliares puede representarse en la posición Guan izquierda.

Dos mil años de evidencia empírica en la Medicina China han demostrado una íntima relación entre estos dos órganos y la expresión de los estados mentales/emocionales. La posición Guan izquierda informa de síntomas como irritabilidad, frustración, depresión y apatía.

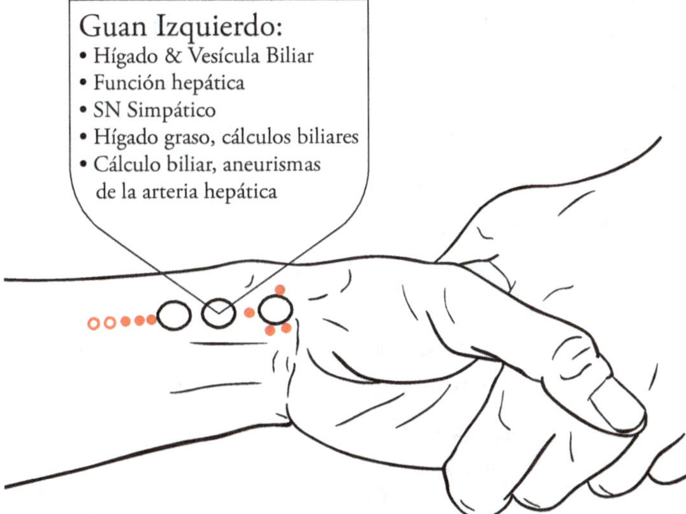

Ilustración 66: Posición del pulso Guan izquierdo y su correspondencia con condiciones del hígado y la vesícula biliar y condiciones mentales/emocionales

Pulso Chi Izquierdo

La posición del pulso Chi izquierdo (ilustración 67) se corresponde con la función de los sistemas endocrino y reproductor (primariamente función adrenal). Ciertos pulsos pueden indicar infertilidad, libido baja, impotencia y síndrome de fatiga adrenal. Esta posición de pulso puede reflejar la presencia de cálculos renales en el uréter izquierdo. En mujeres, ciertos pulsos pueden indicar un historial de cirugías del abdomen bajo, abortos e histerectomías parciales/totales. En hombres, la combinación de ciertos pulsos en el Chi derecho e izquierdo representa problemas prostáticos.

Esta posición también se corresponde con la condición física de la cadera, rodillas y tobillos. El lado distal de la posición del pulso Chi izquierdo representa la cadera. El lado central representa la zona de la rodilla y el lado proximal representa la región del tobillo. Ciertas presentaciones de pulsos diferencian entre daño agudo o crónico en los tejidos, tendinitis, bursitis, reuma u osteoartritis.

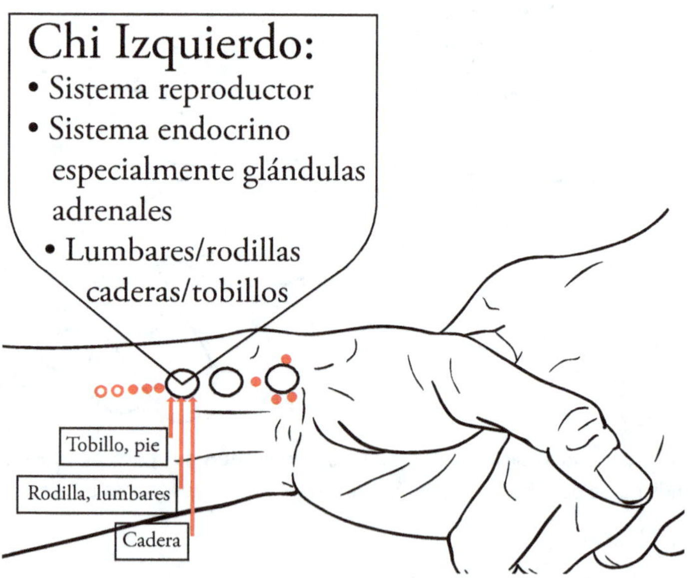

Ilustración 67: Posición del pulso Chi izquierdo y su correspondencia con el sistema reproductor, sistema endocrino (p. ej. glándulas adrenales), rodillas, cadera y tobillos

Pulsos Proximales Izquierdos

La posición del pulso Proximal izquierdo (ilustración **68**) informa de la condición funcional de la región lumbar. Clínicamente, ciertos pulsos Proximales izquierdos reflejan dolor en la región lumbar y problemas relacionados, tales como torcedura/tensión, osteofitos espinales, hernias de disco, nervios espinales comprimidos y parestesia.

Ciertos pulsos Proximales izquierdos también representan condiciones del útero y ovarios, tales como endometriosis, fibroides uterinos y (SOP) síndrome de ovario poliquístico.

Un pulso proximal superficial y que golpea en ambos lados indica un nivel bajo de intoxicación química o sensibilidad química múltiple.

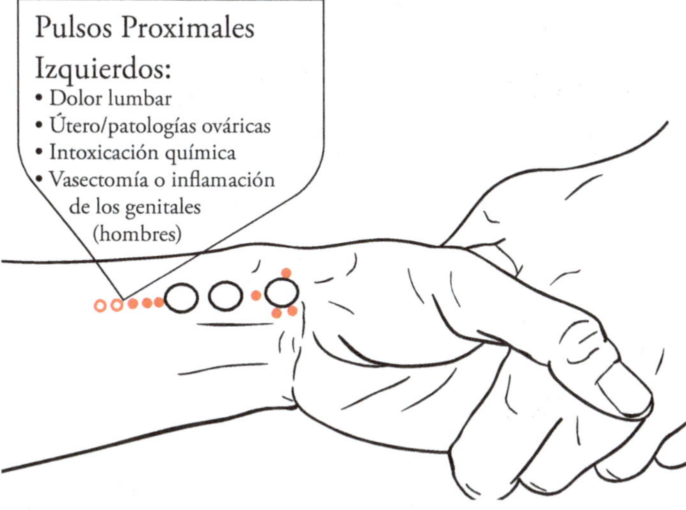

Ilustración 68: Posición del pulso Proximal izquierdo y su correspondencia con condiciones de la región lumbar, condiciones del útero/ovarios, intoxicación química, vasectomía y agrandamiento de la próstata

Conclusión

El dominio de MPD en la clínica depende de un sistemático curso de acción. Los 12 pasos para un posicionamiento apropiado son la base para un diagnóstico de MPD correcto. Es la integración de un posicionamiento correcto y el conocimiento de cada correspondencia/condición anatómica de las posiciones de pulso que indica el diagnóstico preciso. Con experiencia clínica, estas operaciones se integran en la memoria y son ejecutadas de manera natural.

5

Evaluación de la Profundidad Fisiológica (Sana) del Pulso

Los pulsos Cun, Guan y Chi tienen una profundidad fisiológica distinta que representa la función saludable de los correspondientes sistemas orgánicos y regiones anatómicas.

Estas profundidades de pulso diferentes y las descripciones cualitativas son propias al MPD y sirven como base para el diagnóstico y las estrategias de tratamiento. El objetivo de tratamiento de MPD es identificar ciertos pulsos anormales, que reflejan ciertas condiciones de la salud y restablecer los pulsos fisiológicos saludables.

La ilustración **69** muestra los cinco niveles de profundidad del pulso.

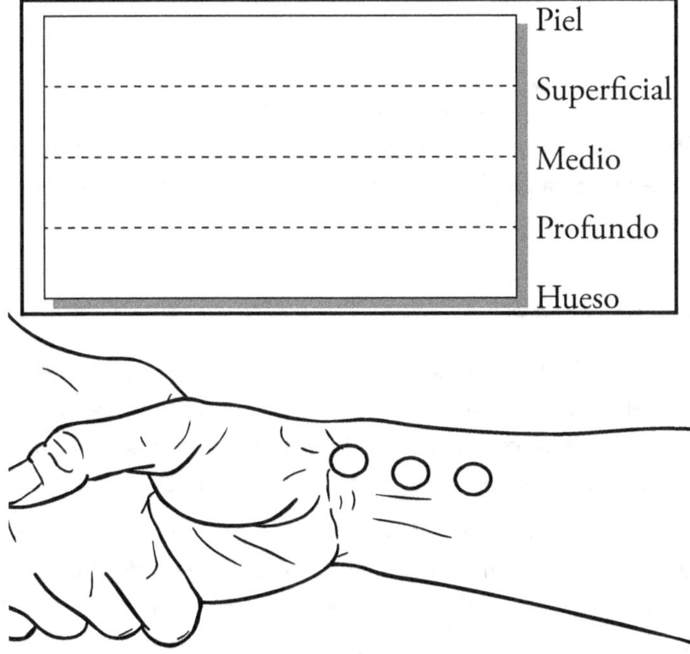

Ilustración 69: Cinco niveles de profundidad del pulso

Nivel de la Piel:

Palpa el nivel de la piel poniendo las almohadillas de los dedos de la mano que diagnostican sobre la piel por encima de las posiciones del pulso. No se aplica presión para percibir el pulso en este nivel. El nivel de la piel es una profundidad del pulso patológica que siempre representa la disfunción de los correspondientes sistemas orgánicos/ regiones anatómicas de las posiciones del pulso

Nivel Superficial:

Palpa el nivel superficial con un poco de presión justo después del nivel de la piel. Esta profundidad es la profundidad fisiológica correcta en las posiciones Cun derecha e izquierda.

Nivel Medio:

Palpa el nivel medio con un poco de presión justo después del nivel superficial. Esta profundidad es la profundidad fisiológica en las posiciones Guan derecha e izquierda.

Nivel Profundo:

Palpa el nivel profundo con un poco de presión justo después del nivel medio. Esta profundidad es la profundidad fisiológica en las posiciones Chi derecha e izquierda.

Nivel del Hueso:

Palpa el nivel del hueso con suficiente presión para llegar hasta el hueso del radio. El nivel del hueso es una profundidad del pulso patológica que siempre representa la disfunción de los correspondientes sistemas orgánicos/regiones anatómicas de las posiciones del pulso.

Una técnica adicional para evaluar ciertas profundidades de pulso implica localizar el nivel de la piel, el nivel del hueso y el nivel medio. Primero, identificas el nivel de la piel poniendo las almohadillas de los dedos de la mano que diagnostica sobre la piel sin aplicar presión. Después, identificas el nivel del hueso aplicando la presión suficiente para llegar al hueso. Entonces, localizas el nivel medio entre los niveles de la piel y el hueso. La identificación adecuada de estos tres niveles aporta un punto de referencia para la localización de los cinco niveles de profundidad.

Es normal palpar el pulso en múltiples niveles en una sola posición. La profundidad en la cual el pulso es más discernible es considerada el "pulso central". Por ejemplo, el pulso Guan derecho del paciente se siente en el nivel medio, pero es más obvio y fuerte en el nivel profundo. En este caso, el "pulso central" del Guan derecho se considera el nivel profundo, el cual representa un pulso patológico y se corresponde con una condición patológica.

Profundidades del Pulso Fisiológicas (Sanas)

La profundidad fisiológica de cada posición del pulso es referida comúnmente como la "casa". Esto es una referencia MPD para identificar el pulso saludable y la condición saludable de cada sistema orgánico y región anatómica correspondiente. El paso base del diagnóstico MPD es identificar los pulsos que se salen de su "casa" (profundidad fisiológica) y requiere una solución terapéutica. Las ilustraciones 70-75 muestran las profundidades fisiológicas del pulso de las tres posiciones principales (Cun, Guan, Chi)

Los Pulsos Cun Derecho e Izquierdo

El pulso fisiológico, de la posición Cun derecha e izquierda, es un pulso ligeramente convexo en el nivel superficial. La cualidad más fuerte es palpable en el nivel superficial y se reduce en los niveles medio y profundo. El pulso fisiológico no es evidente en los niveles de la piel o el hueso. La ilustración 70 muestra el pulso fisiológico y la cualidad convexa del pulso Cun.

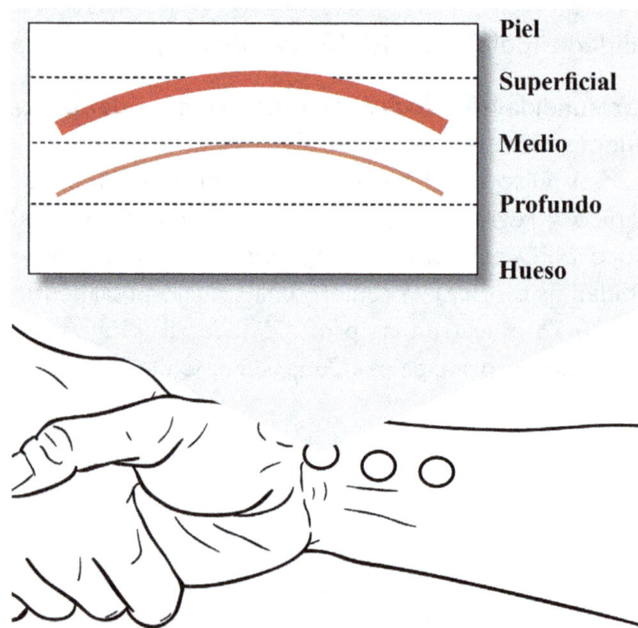

Ilustración 70: Profundidades fisiológicas del Cun derecho e izquierdo

El Pulso Guan Derecho

El pulso fisiológico del Guan derecho es un pulso ligeramente convexo en el nivel medio. Este pulso saludable no es palpable por encima o por debajo del nivel medio. La ilustración 71 muestra la profundidad fisiológica y la cualidad convexa del pulso Guan derecho.

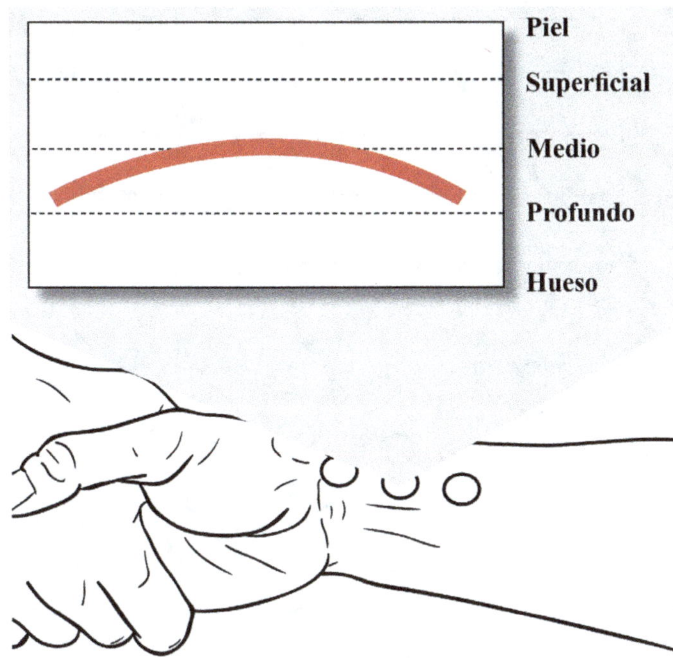

Ilustración 71: Profundidad fisiológica del Guan derecho

El Pulso Guan Izquierdo

El pulso fisiológico del Guan izquierdo es un pulso ligeramente de cuerda en el nivel medio. Este pulso saludable no es palpable por encima o debajo del nivel medio. La ilustración 72 muestra la profundidad fisiológica y la cualidad de cuerda del pulso Guan izquierdo.

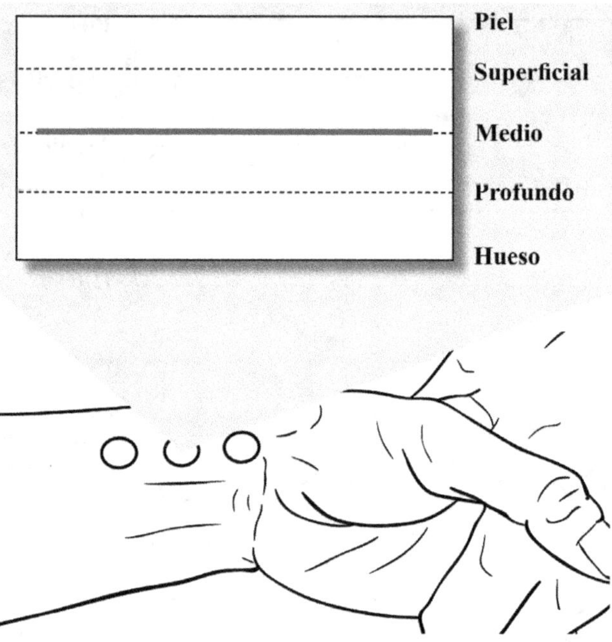

Ilustración 72: Profundidad fisiológica del Guan izquierdo

Los Pulsos Chi Derecho e Izquierdo

El pulso fisiológico de la posición Chi derecha e izquierda es ligeramente convexo en el nivel profundo. Este pulso saludable no es palpable por encima del nivel profundo. La ilustración 73 muestra la profundidad fisiológica y la cualidad convexa del pulso Chi.

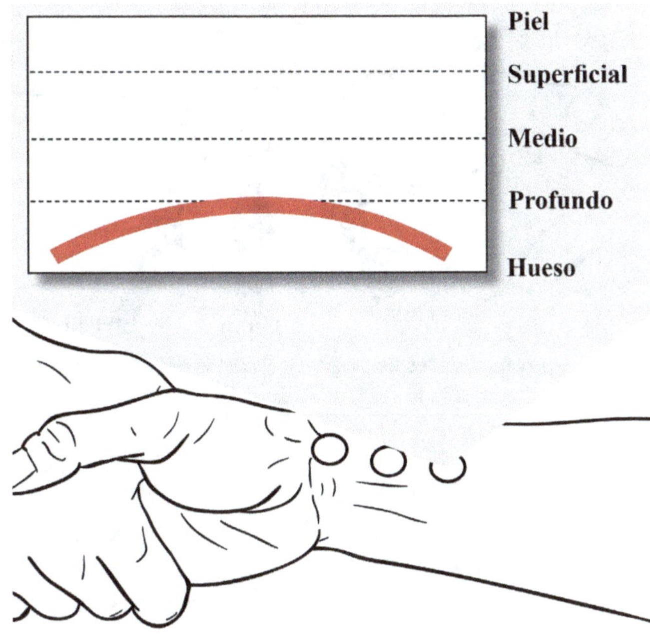

Ilustración 73: Profundidades fisiológicas del Chi derecho e izquierdo

La ilustración **74** muestra la presentación saludable de las posiciones Cun, Guan y Chi. Hay que tener en cuenta que el pulso saludable general se presenta de manera descendiente, desde la posición Cun a la Chi. Esta presentación de pulso descendente se relaciona con la posición anatómica de la arteria radial. El pliegue de la muñeca es la posición más superficial de la arteria radial. En la dirección proximal, hacia el codo, la arteria se posiciona en los niveles más profundos entre los tejidos del antebrazo.

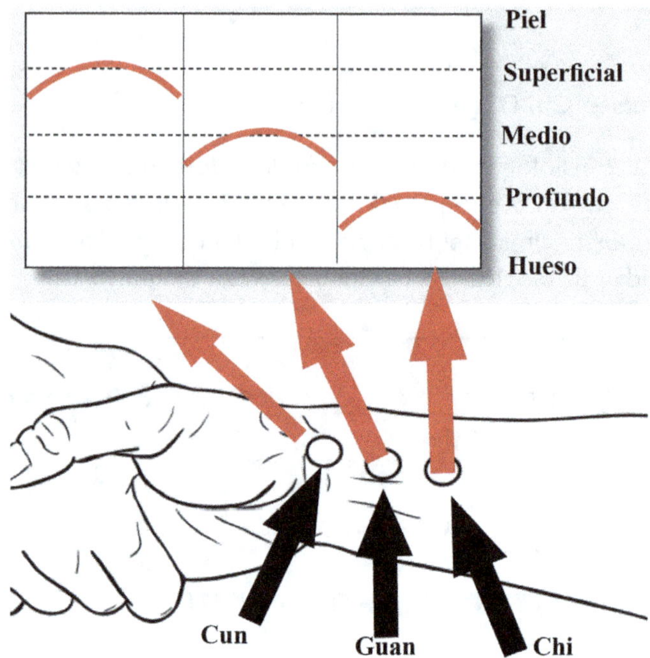

llustración 74: Profundidades fisiológicas correctas del puso (mano derecha)

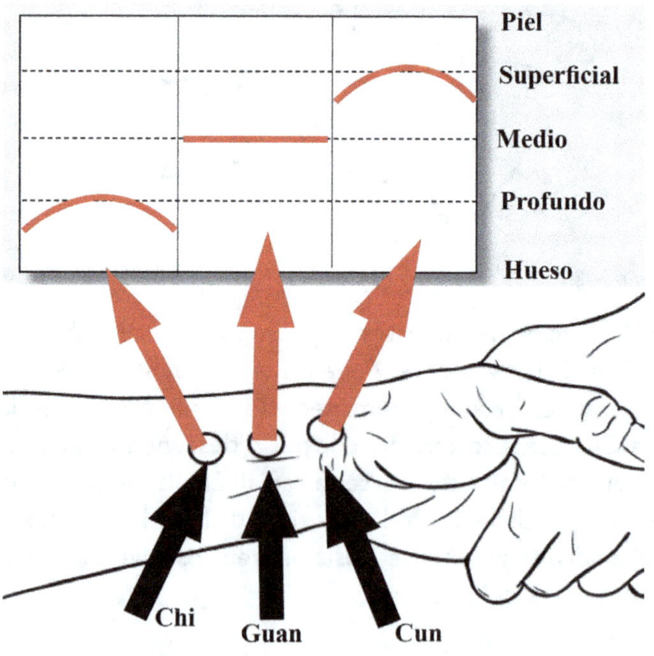

llustración 75: Profundidades fisiológicas correctas del puso (mano izquierda)

90

El pulso saludable de cada posición se localiza en su "casa" (profundidad fisiológica). Todas estas posiciones del pulso, excepto el Guan izquierdo, mantienen una forma convexa saludable. El Guan izquierdo mantiene una forma de cuerda saludable en la profundidad media. Los pulsos convexos óptimos tienen una amplitud estable (ni demasiado alto ni demasiado bajo) y mantienen una resistencia adecuada a la presión. El Guan izquierdo saludable también mantiene una resistencia adecuada a la presión.

La anchura (grueso o delgado) del pulso es relativa al tamaño físico y constitución de cada paciente. Los pacientes más delgados tenderán a tener pulsos más delgados. En cambio los pacientes con cuerpos más grandes y robustos tendrán pulsos más gruesos. Las anchuras del pulso que difieren del tamaño y la constitución del paciente ilustran una condición patológica.

El pulso saludable general representa la función óptima de los sistemas corporales. Esta presentación del pulso es el objetivo del tratamiento de cada paciente.

6

Pulsos Patológicos (Anormales) – Profundidad, Fuerza y Ancho

Los métodos tradicionales del pulso dan un diagnóstico general basado en la impresión de las cualidades generales del pulso. En comparación, MPD analiza cada posición del pulso con increíble detalle para el diagnóstico acertado de los múltiples sistemas de órganos y regiones anatómicas.

En MPD, es la combinación de cada forma, profundidad, fuerza y ancho del pulso que determinan las condiciones médicas específicas chinas y las médicas occidentales relacionadas. Este capítulo subdivide en secciones que definen los pulsos y condiciones basadas en la profundidad, fuerza y ancho del pulso. Esta organización ayuda a discernir los pulsos específicos de forma más efectiva. El análisis comparativo siguiente facilita un mayor entendimiento de los patomecanismos específicos para establecer estrategias efectivas de tratamiento. El capítulo siguiente combina la profundidad, fuerza y ancho del pulso con las distintas formas del pulso. Esta estructura sistemática relaciona directamente el pulso con el diagnóstico médico chino, las condiciones médicas occidentales relacionadas y las estrategias de tratamiento correctas.

Profundidades Patológicas del Pulso

La palpación de un pulso que no está en su "casa" representa una disfunción de los sistemas de órganos correspondientes o regiones anatómicas. Los pulsos patológicos se organizan en base al nivel de profundidad palpable; tanto si están más altos o más bajos de sus "casas". Cada anormalidad en la profundidad representa un proceso patológico del cuerpo.

Pulsos Patológicos Altos

La elevación del pulso por encima de su "casa" habla de una condición de calor patológico o sequedad. Estas condiciones patológicas pueden ser tanto de naturaleza de exceso o deficiencia. Las condiciones de exceso se subdividen en Calor por Exceso (inflamación) y Fuego por Exceso (inflamación grave). Las condiciones de insuficiencia se subdividen en Calor por Insuficiencia (deficiencia funcional con inflamación) e Insuficiencia de Yin & Sangre (anemia y deficiencia de líquidos – asociada con sequedad)

La diferenciación de los pulsos patológicos altos depende de la forma, fuerza y ancho de pulsos específicos. La sección siguiente describe e ilustra cada uno de los pulsos altos, basados en la condición de exceso o insuficiencia.

Pulsos Patológicos Altos por Exceso

1. Calor por Exceso (Inflamación)

La ilustración **76** muestra el pulso estándar que representa el Calor por Exceso. Este pulso es un pulso alto, fuerte y ligeramente convexo-grueso. En las posiciones Cun, el pulso de Calor por Exceso es palpable en el nivel de la piel o en el nivel superficial. En las posiciones Guan, es palpable en el nivel superficial. En las posiciones Chi, es palpable en los niveles medio y superficial.

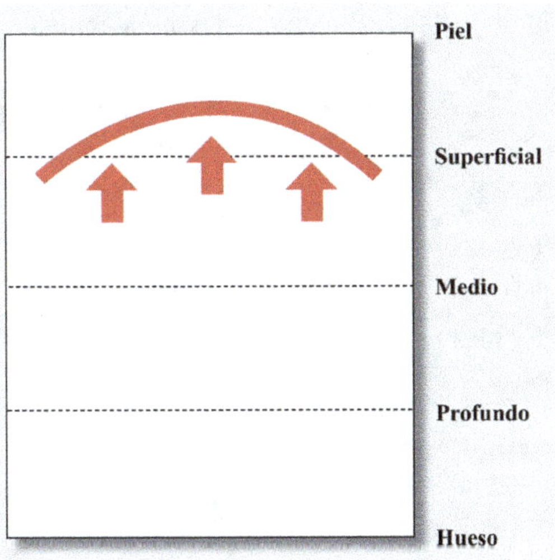

Ilustración 76: Pulso de Calor por Exceso
(las flechas denotan una fuerza del pulso fuerte)

2. Fuego por Exceso (Más Inflamación)

La ilustración **77** muestra el pulso estándar que representa el Fuego por Exceso. Este pulso es un pulso alto, muy fuerte, grueso y convexo con un golpe fuerte en los niveles de la piel, superficial, medio y sobre todo en el profundo. Comparado con el Calor por Exceso, el Fuego por Exceso es un proceso patológico más grave y requiere una estrategia de tratamiento más fuerte.

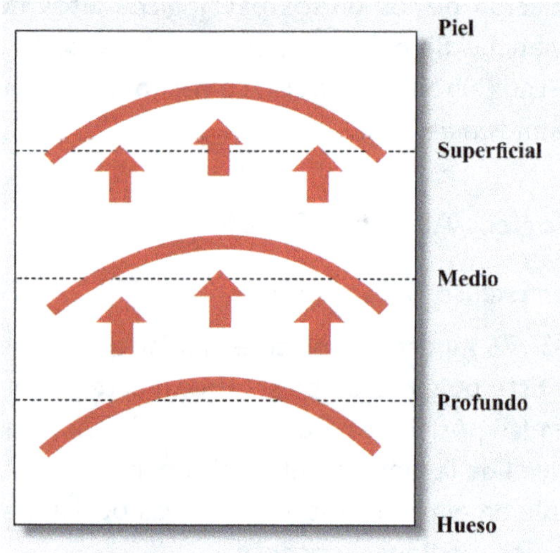

Ilustración 77: Pulso de Fuego por Exceso
(las flechas denotan una fuerza del pulso fuerte)

Pulsos Patológicos Altos Insuficientes

1. Deficiencia de Yin Con Calor

(Deficiencia Funcional – Grado Bajo de Inflamación, Sequedad)

La ilustración 78 muestra el pulso estándar que representa la Deficiencia de Yin con Calor. Este pulso es un pulso alto, delgado y de cuerda. La inflamación eleva el pulso y puede presentar una cualidad del pulso fuerte en el nivel superficial. Cuando uno palpa más, la fuerza del pulso disminuye o quizás "cede" por completo. El factor clave diferenciador, con respecto a los pulsos de Calor y Fuego por Exceso, es la naturaleza ligeramente delgada y de cuerda y la falta de resistencia. En cada posición, este pulso es palpable en el nivel superficial.

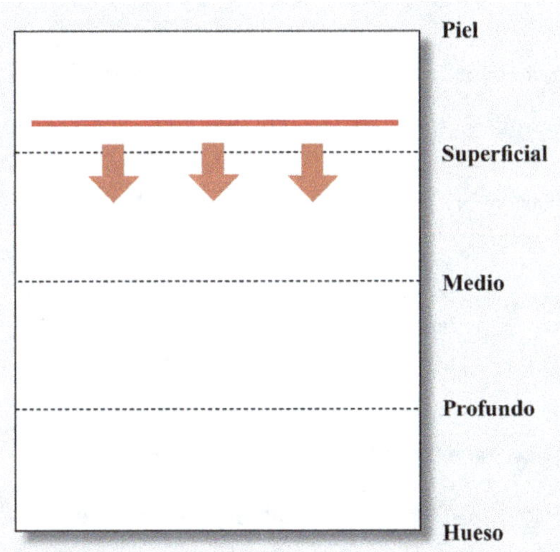

Ilustración 78: Deficiencia de Yin con Calor

2. Insuficiencia de Yin & Sangre (Anemia y Deficiencia de líquidos/ Deficiencia de Nutrientes – Sequedad, Grado Bajo de Inflamación)

La ilustración **79** muestra el pulso estándar que representa la Deficiencia de Yin & Sangre. Este pulso es un pulso alto, sin fuerza (débil), delgado y de cuerda. Una falta de resistencia adecuada muestra la cualidad débil del pulso. Con un poco más de presión, este pulso "cede" dejando de sentir así pulso alguno. Las cualidades alto, delgado y sin fuerza del pulso se relacionan con la gravedad del consumo de sangre y líquidos por una sequedad patológica. También, la condición seca (líquidos deficientes), puede resultar de problemas de sangrados agudos o crónicos que consumen los líquidos.

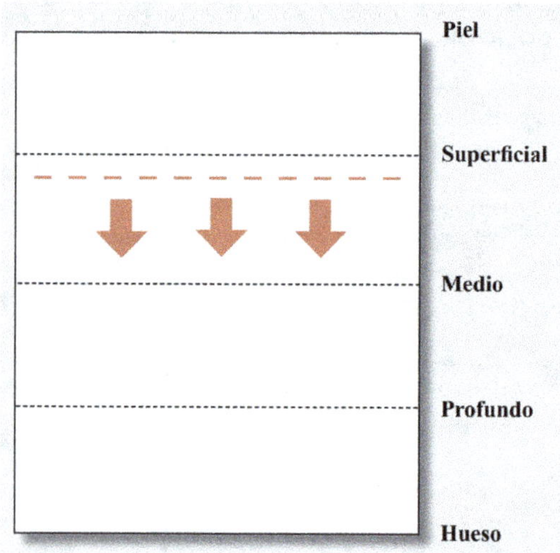

Ilustración 79: Pulso de Insuficiencia de Sangre & Yin
(las flechas denotan una fuerza del pulso débil)

Pulsos Patológicos Bajos

El descenso de un pulso por debajo de su "casa" se debe a condiciones patológicas específicas de exceso o insuficiencia. La Humedad (retención de líquidos) y Estancamiento de Sangre (obstrucción circulatoria) son las condiciones de exceso que empujan los pulsos hacia abajo al nivel profundo. Los pulsos de Deficiencia de Yang (deficiencia funcional con frío) también se manifiestan por debajo de su "casa".

La diferenciación de los pulsos patológicos bajos depende de la forma, fuerza y anchura específica del pulso. La siguiente sección describe e ilustra cada uno de los pulsos bajos, basados en condiciones de exceso o deficiencia.

Pulsos Patológicos Bajos por Exceso

1. Humedad (Retención de Líquidos)

La ilustración **80** muestra el pulso estándar que representa Humedad (retención de líquidos). Este pulso es un pulso profundo, ligeramente grueso y convexo. En las posiciones Cun, este pulso es palpable en el nivel medio o profundo. En las posiciones Guan, este pulso es palpable en el nivel profundo. En la posición Chi, este pulso es palpable en el nivel del hueso. Cuanto más grave la condición de Húmedad, más profundo es el pulso.

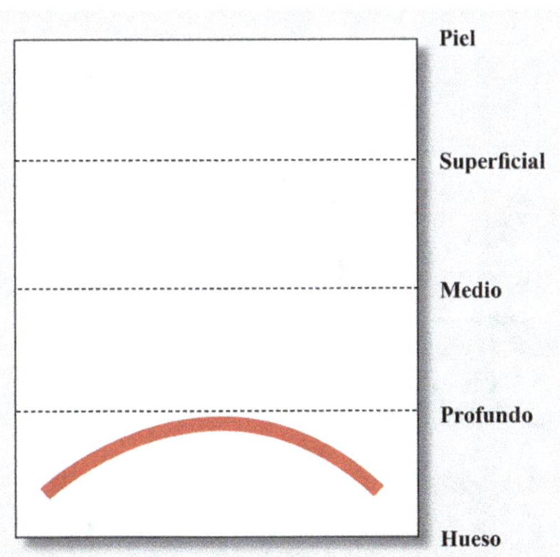

Ilustración 80: Pulso de Humedad

2. Humedad-Calor (Retención de Líquidos e Inflamación)

La ilustración 81 muestra el pulso estándar que representa la Humedad-Calor. Este pulso es un pulso profundo, fuerte, grueso o de cuerda en las mismas profundidades patológicas que el pulso de Humedad (retención de líquidos). Clínicamente, la retención de líquidos (edema) y la inflamación concurrente se desarrollan como resultado de obstrucción circulatoria crónica.

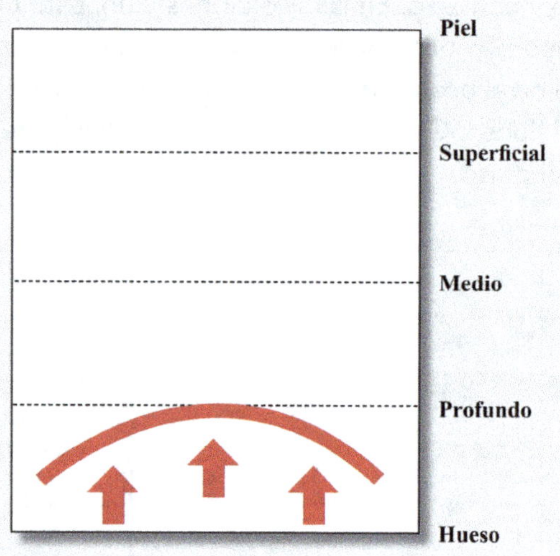

Ilustración 81: Pulso de Humedad-Calor
(las flechas denotan una fuerza del pulso fuerte)

3. Estancamiento de Sangre (Obstrucción Circulatoria)

La ilustración **82** muestra el pulso estándar que representa el Estancamiento de Sangre. Los pulsos de Estancamiento de Sangre, también denominados como Pulsos Obstruidos, se sienten profundos y son de cualidad amorfa. En estos casos, la arteria radial carece de una forma definida y de límite. La cualidad amorfa se asemeja a poner los dedos en gelatina. En las posiciones Cun, Guan y Chi, esta cualidad del pulso es palpable en el nivel profundo. En casos graves de Estancamiento de Sangre, la cualidad amorfa se percibe solo en el nivel del hueso. MPD describe tres etapas de pulsos Obstruidos basados en el nivel de gravedad. El siguiente capítulo detalla cada nivel de estos pulsos Obstruidos.

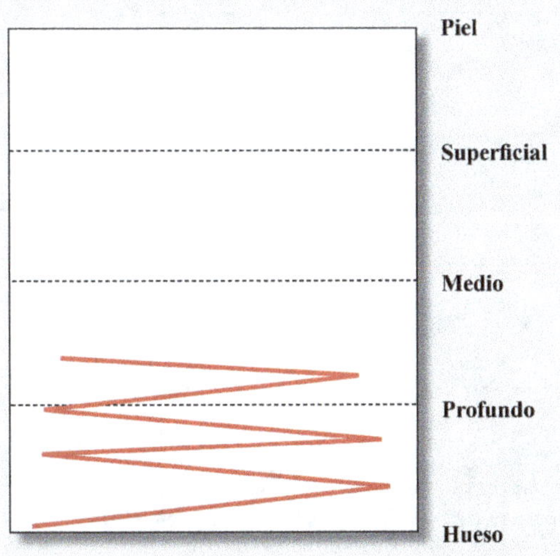

Ilustración 82: Pulso de Estancamiento de Sangre

Pulsos Patológicos Bajos Deficientes

Deficiencia de Yang (Deficiencia Funcional con Frío)

La ilustración 83 muestra el pulso estándar que representa Deficiencia de Yang. Este pulso es un pulso sin fuerza (débil), delgado y de cuerda. Una falta de resistencia adecuada muestra la cualidad débil del pulso. Con la aplicación de un poco de presión, el pulso fino "cede" dejando de sentir así pulso alguno. En las posiciones Cun, Guan y Chi, este pulso se siente tanto en su "casa" o en los niveles más profundos acompañado de signos en pacientes como fatiga, extremidades frías y complexión pálida.

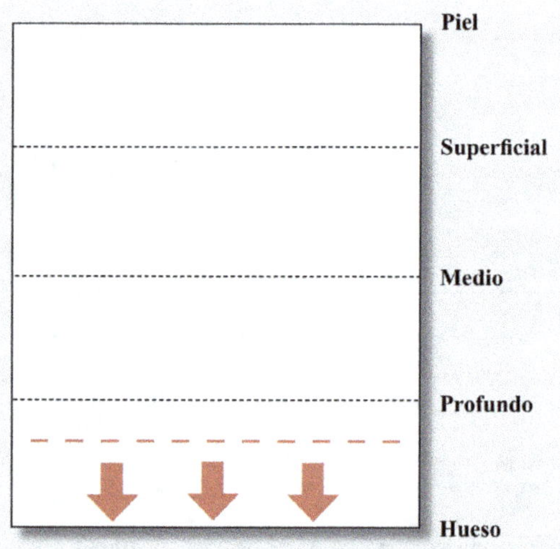

Ilustración 83: Pulso de Deficiencia de Yang
(las flechas denotan una fuerza del pulso débil)

Fuerza de los Pulsos Patológicos

El nivel de resistencia del pulso a la presión determinará la fuerza del pulso. Los pulsos sanos, que están en su "casa", preservan un nivel equilibrado de resistencia a la palpación, ni mucha ni poca. Los pulsos que resisten a la presión son pulsos patológicos fuertes. La naturaleza fuerte refleja una condición patológica de exceso tanto de Calor por Exceso como de Frío por Exceso.

En cambio, los pulsos patológicos sin fuerza se derrumban a la presión y "ceden" dejando de sentir así pulso alguno. La naturaleza sin fuerza refleja una condición patológica deficiente tanto de Deficiencia de Qi, Deficiencia de Yang, Deficiencia de Sangre, Deficiencia de Yin, Deficiencia de Yin con Calor o una combinación de todo.

Pulsos Patológicos Fuertes por Exceso

1. Calor (Inflamación)

La ilustración 84 muestra la cualidad fuerte del pulso asociada a Calor por Exceso. En esta ilustración el Calor por Exceso es la condición patológica primaria indicada en un pulso alto, ligeramente grueso-convexo y fuerte.

Es importante tener en cuenta que el Calor (inflamación) se puede manifestar a la vez que otras condiciones patológicas, como en el caso de la Humedad-calor (ilustración 85). En este caso, la patología predominante es el Estancamiento de Sangre (obstrucción circulatoria) y la Humedad (retención de líquidos). El Calor (inflamación) le da al pulso una cualidad fuerte, pero el pulso permanece en el nivel profundo debido a la condición dominante de Estancamiento de Sangre y Humedad.

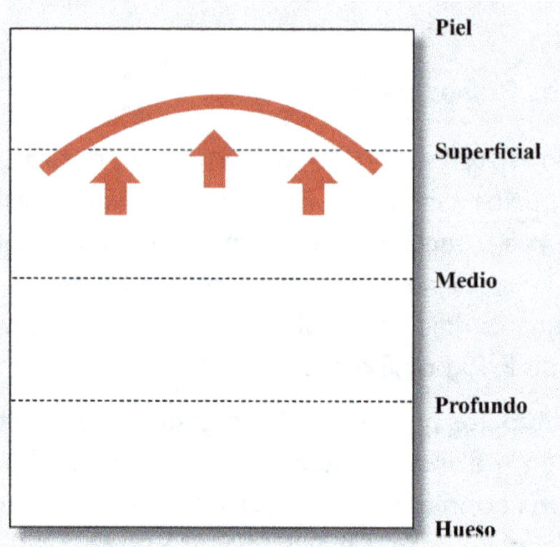

Ilustración 84: Pulso de Calor por Exceso
(las flechas denotan una fuerza del pulso fuerte)

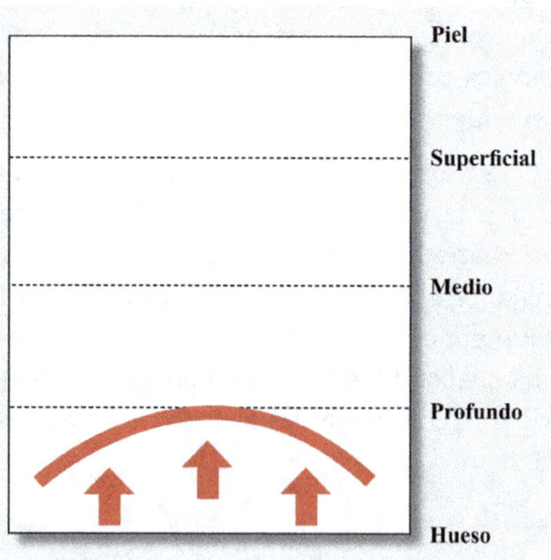

Ilustración 85: Pulso de Humedad-Calor
(las flechas denotan una fuerza del pulso fuerte)

2. Frío por Exceso (Vasoconstricción – Frío)

La ilustración **86** muestra la cualidad fuerte del pulso asociada con el Frío por Exceso. El Frío por Exceso tiene un efecto de contracción en la vasculatura, lo que se refleje como un pulso contraído, muy delgado de cualidad dura que resisten a la presión. Las cualidades más duras y delgadas con una resistencia fuerte representan una gravedad mayor de Frío por Exceso. En las posiciones Cun, Guan y Chi, este pulso es palpable tanto en el nivel superficial, medio o profundo.

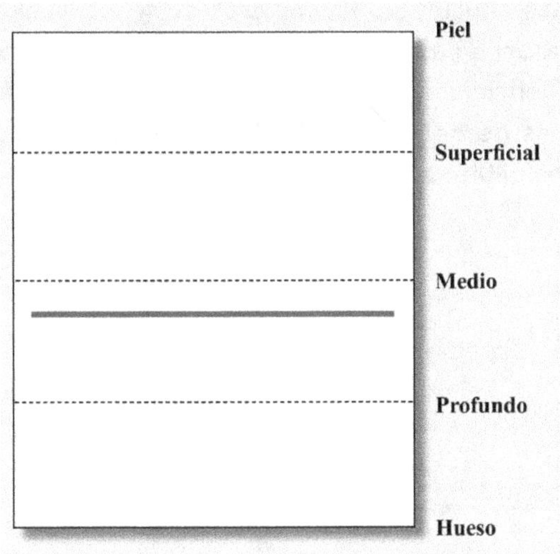

Ilustración 86: Pulso de Frío por Exceso

Pulsos Patológicos Débiles por Deficiencia

I. Deficiencia de Qi (Deficiencia Funcional)

La ilustración **87** muestra la cualidad sin fuerza asociada con la Deficiencia de Qi. Este pulso es un pulso ligeramente grueso, convexo o de cuerda que carece de suficiente resistencia a la presión. Con la aplicación de un poco de presión, la barrera gruesa más externa se comprime, dando la percepción de que hay un espacio vacío en el interior del vaso sanguíneo. Palpar este pulso es igual a presionar la barrera más externa de un tallo de cebolleta. Este pulso no es común puesto que la deficiencia de Qi ocurre a menudo en combinación con otros síndromes de deficiencia. En las posiciones Cun, Guan y Chi, este pulso es palpable tanto en el nivel superficial, medio o profundo.

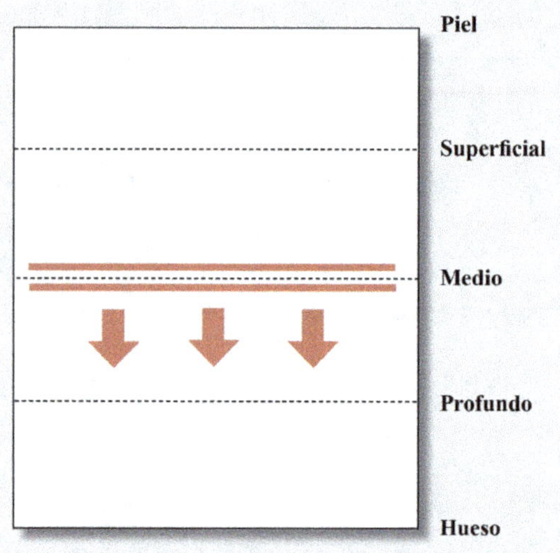

Ilustración 87: Pulso de Deficiencia de Qi

2. Deficiencia de Yang (Deficiencia Funcional con Frío)

La ilustración **88** muestra la cualidad sin fuerza asociada a la Deficiencia de Yang. Este pulso es un pulso sin fuerza, delgado y de cuerda. Con la aplicación de ni siquiera un poco de presión, el pulso débil "cede" dejando de sentir así pulso alguno. En las posiciones Cun, Guan y Chi, este pulso es palpable en su "casa" o en los niveles más profundos acompañado de signos en pacientes como fatiga, extremidades frías y complexión pálida.

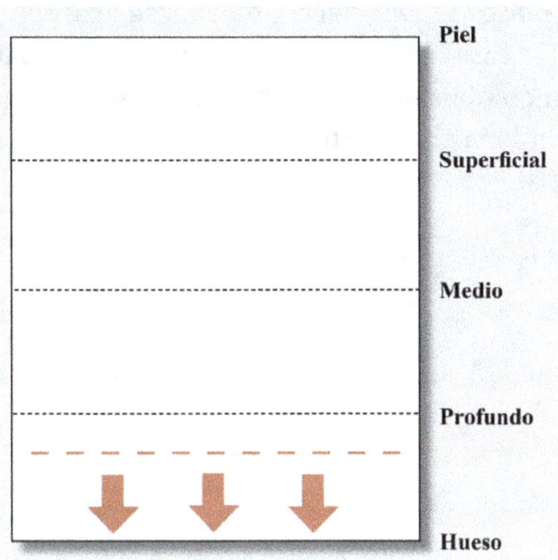

Ilustración 88: Pulso de Deficiencia de Yang
(las flechas denotan una fuerza del pulso débil)

3. Deficiencia de Sangre

(Anemia, Deficiencia de Líquidos/Deficiencia de Nutrientes &
Pérdida de Sangre)

La ilustración **89** muestra la cualidad sin fuerza asociada con la
Deficiencia de Sangre. Este pulso es un pulso sin fuerza, débil y de
cuerda. Incluso con un poco de presión, este pulso "cede" dejando
de sentir así pulso alguno. La cualidad delgada y débil se relaciona con
la gravedad del volumen de sangre disminuido. En las posiciones Cun,
Guan y Chi, el pulso de Deficiencia de Sangre aparece normalmente
por debajo de la "casa" designada. La Deficiencia de Sangre (anemia)
suele ocurrir en combinación con la Deficiencia de Yin (deficiencia de
líquidos) y se combina con un pulso sin fuerza, delgado y de cuerda en
el nivel superficial.

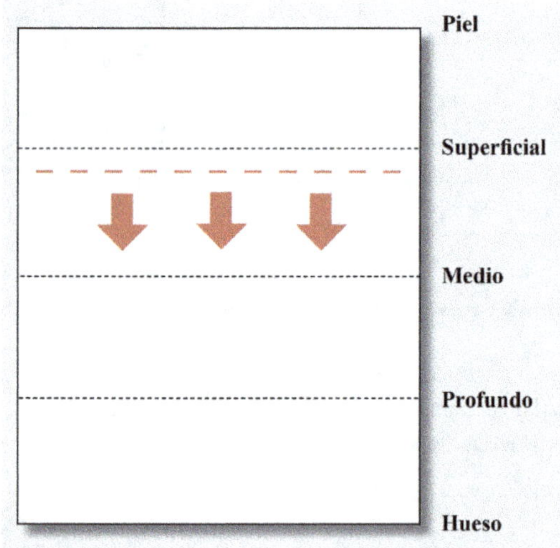

Ilustración **89**: Pulso de Deficiencia de Yin
(las flechas denotan una fuerza del pulso débil)

4. Deficiencia de Yin

(Deficiencia de Líquidos – Sequedad, Grado Bajo de Inflamación)

La ilustración 90 muestra la cualidad sin fuerza asociada a la Deficiencia de Yin. Este pulso es un pulso alto, sin fuerza, delgado y de cuerda. Con ni siquiera un poco de presión, este pulso "cede" dejando de sentir así pulso alguno. Las cualidades del pulso alto, delgado y débil se relacionan con la gravedad del consumo de líquidos por una sequedad patológica. En cada posición del pulso, el pulso de Deficiencia de Yin aparece sobre todo en el nivel superficial, aunque en la posición Chi puede presentarse en el nivel medio.

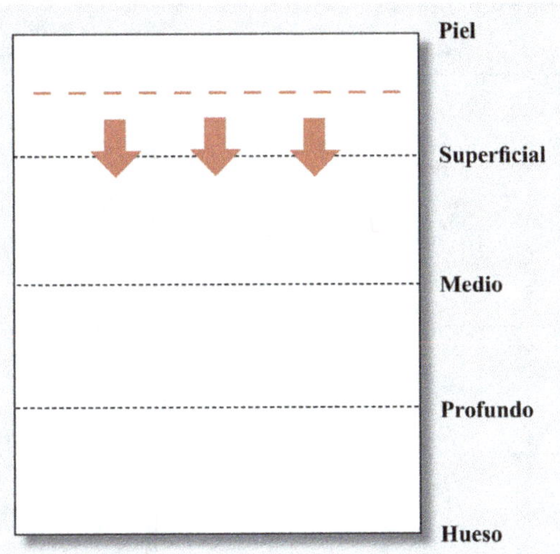

Ilustración 90: Pulso de Deficiencia de Yin
(Deficiencia de Líquidos – Sequedad, Grado Bajo de Inflamación)

5. Deficiencia de Yin con Calor

(Deficiencia Funcional – Grado Bajo de Inflamación, Sequedad)

La ilustración 91 muestra la cualidad sin fuerza asociada a la Deficiencia de Yin con Calor. Este pulso es un pulso alto, delgado y de cuerda. La inflamación eleva el pulso y puede mostrar inicialmente una cualidad del pulso fuerte en el nivel superficial. Conforme uno palpa más, la fuerza del pulso disminuye e incluso puede "ceder" por completo. Debido a la elevada inflamación, este pulso es ligeramente más fuerte y ancho que el pulso previo de Deficiencia de Yin. En cada posición del pulso, el pulso de Deficiencia de Yin con Calor se palpa en el nivel superficial.

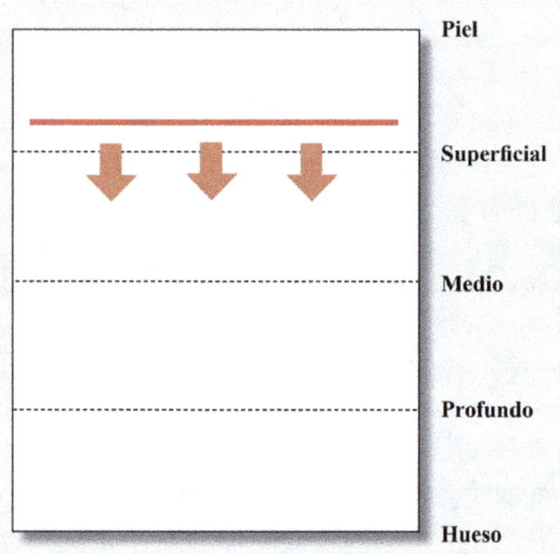

Ilustración 91: Pulso de Deficiencia de Yin con Calor

Evaluación de los Dos Anchos

Como se ha dicho anteriormente, la cualidad de la anchura saludable (grueso o delgado) del pulso es relativa al tamaño físico y la constitución de cada paciente. Los pulsos que son demasiado gruesos, en relación al tamaño del paciente, son el resultado de Calor por Exceso, Fuego por Exceso o Deficiencia de Qi. Los pulsos delgados, en relación al tamaño del paciente, que resisten a la presión son debidos a Frío por Exceso o Estancamiento de Sangre Severo con Frío por

Exceso. Los pulsos que "ceden" a la presión son debidos a Deficiencia de Yang, Deficiencia de Sangre, Deficiencia de Yin o Calor Deficiente.

Pulsos Patológicos Gruesos

1. Calor por Exceso (Inflamación)

El pulso de Calor por Exceso (inflamación) se manifiesta alto, fuerte y convexo, con una cualidad ligeramente gruesa. En general, la inflamación causa un incremento en la circulación sanguínea y la producción del volumen sanguíneo, así como adaptaciones en el mecanismo de bombeo del corazón. La frecuencia cardiaca y la presión sanguínea sistémica se vuelven ligeramente elevadas, lo cual conduce a una compensación inevitable de la pared del vaso sanguíneo.

2. Fuego por Exceso (Mayor Inflamación)

El pulso de Fuego por Exceso (mayor inflamación) se manifiesta alto, fuerte, convexo y con una cualidad más gruesa en comparación al Calor por Exceso. El pulso de Fuego por Exceso también se siente en el nivel de la piel, superficial medio y posiblemente en el profundo. En estos casos, la frecuencia cardiaca y la presión sanguínea son considerablemente más elevadas, y la pared del vaso sanguíneo ha sufrido una vasodilatación más grave.

3. Deficiencia de Qi (Deficiencia Funcional)

El pulso de Deficiencia de Qi (deficiencia funcional) se manifiesta sin fuerza, convexo y de cuerda y con una cualidad ligeramente gruesa. Con la aplicación de un poco de presión, la barrera gruesa más externa se comprime, dando la percepción de que hay un espacio vacío en el interior del vaso sanguíneo. En general, este pulso no es común considerando que la deficiencia de Qi suele ocurrir en combinación con otros síndromes de deficiencia. Esta misma cualidad del pulso se manifiesta en casos de pérdida de sangre aguda grave. En estos casos el volumen sanguíneo disminuye drásticamente, aunque el vaso sanguíneo mantiene la estructura normal. La pared del vaso ligeramente gruesa colapsa debido al disminuido aporte sanguíneo.

Pulsos Patológicos Delgados

1. Frío por Exceso (Vasoconstricción – Frío)

El Frío por Exceso se manifiesta como un pulso muy delgado que resiste a la presión. El Frío por Exceso tiene un efecto de contracción sobre la vasculatura lo que lleva a que la cualidad del pulso sea dura y delgada. El pulso delgado de Frío por Exceso resiste a la presión, mientras que el pulso delgado deficiente no.

2. Estancamiento de Sangre con Frío por Exceso.

(Vasoconstricción – Tensión y Frío)

El Estancamiento de Sangre con Frío por Exceso se manifiesta como un pulso duro y delgado en la profundidad. En cada posición, este pulso se presenta más profundo que en su "casa". En estos casos, la vasculatura está contraída debido a la actividad excesiva del sistema nervioso simpático. La tensión elevada de los vasos sanguíneos impide una circulación sanguínea eficiente en los órganos correspondientes/regiones anatómicas. La circulación restringida se asocia con la nutrición y el calor disminuido en la zona, incrementando así la susceptibilidad a condiciones de Frío por Exceso. Un Frío por Exceso consolidado constriñe la vasculatura.

3. Deficiencia de Yang (Deficiencia Funcional con Frío)

El pulso de Deficiencia de Yang se manifiesta como un pulso muy delgado que "cede" a la presión dejando de sentir así pulso alguno. Estos pulsos representan un grado de deterioro orgánico y una pérdida de la función durante un periodo prolongado. La vasoconstricción crónica debida al Frío por Exceso y/o al Estancamiento de Sangre reduce la circulación sanguínea óptima, lo cual eventualmente conduce a un debilitamiento en la función del órgano.

4. Deficiencia de Sangre

(Anemia, Deficiencia de Líquidos/Deficiencia de Nutrientes & Pérdida de Sangre)

El pulso de Deficiencia de Sangre es también un pulso que "cede" a la presión dejando de sentir así pulso alguno. En las posiciones Cun, Guan y Chi, el pulso de Deficiencia de Sangre aparece normalmente por encima de la "casa" apropiada. Estos pulsos representan una circulación sanguínea y factores nutrientes disminuidos debido a la predisposición genética, a una carencia en la absorción de nutrientes, o a problemas de sangrados.

5. Deficiencia de Yin

(Deficiencia de Líquidos – Sequedad, Grado Bajo de Inflamación)

El pulso de Deficiencia de Yin se manifiesta como un pulso delgado y alto que "cede" a la presión dejando de sentir así pulso alguno. En cada posición del pulso, el pulso de Deficiencia de Yin aparece más a menudo en el nivel superficial, aunque en la posición Chi puede presentarse en el nivel medio. Las cualidades generales del pulso alto, delgado y sin fuerza se relacionan con la gravedad del consumo de líquidos por una sequedad patológica.

6. Deficiencia de Yin con Calor

(Deficiencia Funcional – Grado Bajo de Inflamación, Sequedad)

El pulso de Deficiencia de Yin con Calor es un pulso delgado y alto que muestra una resistencia inicial en el nivel superficial. Cuanto más se palpa, la fuerza del pulso disminuye o "cede" por completo. La elevada inflamación hace que este pulso sea ligeramente más fuerte y más ancho que el anterior pulso de Deficiencia de Yin y requiere un enfoque de tratamiento distinto.

7

Pulsos Patológicos (Anormales) – Combinación de Forma, Profundidad, Fuerza, Ancho & Pulsos Sistémicos

Hay cinco formas del pulso básico que aportan la información diagnóstica fundamental en combinación con la profundidad, fuerza y ancho del pulso.

Las cinco formas del pulso:

1. Pulsos Convexos

2. Pulsos de Cuerda

3. Pulsos Obstruidos

4. Pulsos Comprimidos

5. Pulsos Sistémicos

Las formas convexas, obstruidas y de cuerda son un componente significativo a la hora de determinar un diagnóstico MPD correcto. La combinación de estas formas del pulso con ciertas profundidades patológicas, niveles de resistencia (fuerza) y anchos patológicos del pulso establece de manera acertada el diagnóstico y la estrategia de tratamiento pertinente. Los siguientes apartados categorizan la cualidad de las combinaciones potenciales del pulso asociadas con los pulsos convexos, de cuerda y obstruidos. El entendimiento de estas cualidades del pulso y las condiciones específicas se adaptan eficazmente a los sistemas de órganos correspondientes y a regiones anatómicas de los pulsos Cun, Guan, Chi, Proximales y los pulsos adicionales "valle" del Cun. Por ejemplo, un pulso Profundo-Fuerte- Delgado-De Cuerda representa Estancamiento de Sangre con Frío por Exceso. Cuando se localiza en la posición Chi y Proximal izquierda de una mujer, esta cualidad del pulso representa Estancamiento de Sangre con Frío por

Exceso que afecta al sistema reproductor. Estas pacientes manifiestan dolor y síntomas menstruales asociados con endometriosis.

En las siguientes descripciones, la profundidad (alto o bajo) denota la localización del pulso en relación a su "casa". Por ejemplo, la "casa" apropiada de las posiciones Guan es el nivel medio. Con respecto a las posiciones Guan, un pulso Alto-Fuerte-Ligeramente Grueso-Convexo es palpable en el nivel superficial o potencialmente en el nivel de la piel. Un pulso Bajo-Fuerte-Ligeramente Grueso-Convexo es palpable en el nivel profundo o entre los niveles profundo y del hueso.

Pulsos Convexos

Un pulso convexo sano es la forma fisiológica de todas las posiciones del pulso, excepto del Guan izquierdo (ilustraciones 92&93).

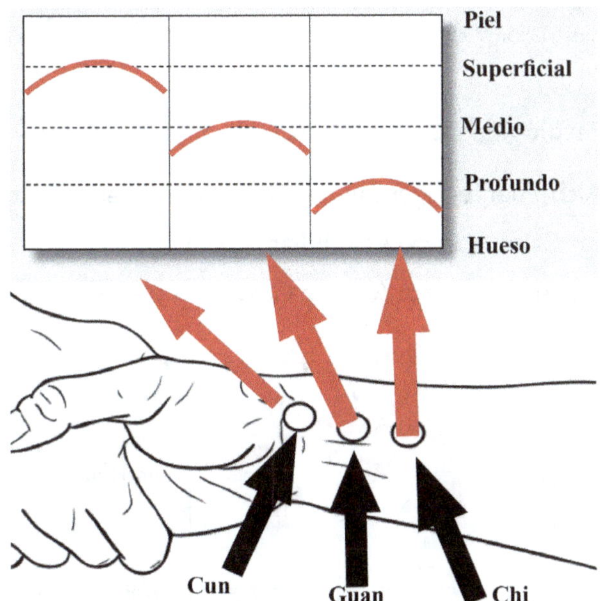

Ilustración 92: Pulsos convexos fisiológicos (mano derecha)

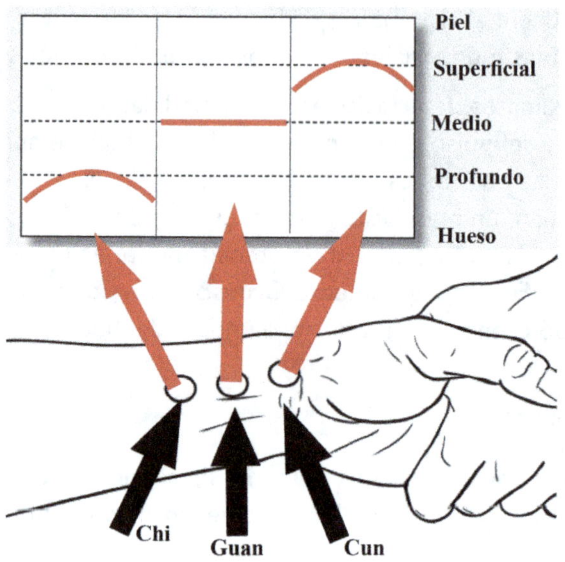

Ilustración 93: Pulsos convexos fisiológicos (mano izquierda)

Pulsos Patológicos Convexos-Altos

1a . Pulso Alto-Fuerte-Ligeramente Grueso-Convexo (ilustración 94):

Diagnóstico: Calor por Exceso (Inflamación)

Estrategia de Tratamiento: Aclarar Calor – 100%

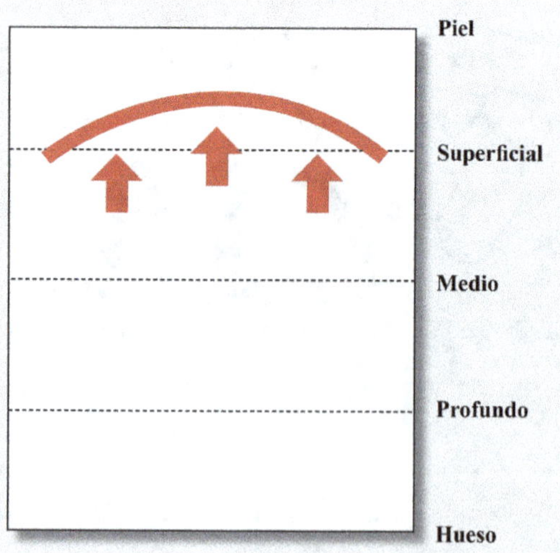

Ilustración 94: Pulso de Calor por Exceso (las flechas denotan una fuerza del pulso fuerte)

Ib. Pulso Alto-Fuerte-Grueso-Convexo (ilustración 95):

Diagnóstico: Fuego por Exceso (Más Inflamación)

Estrategia de Tratamiento: Aclarar Calor, Drenar Fuego – 100%

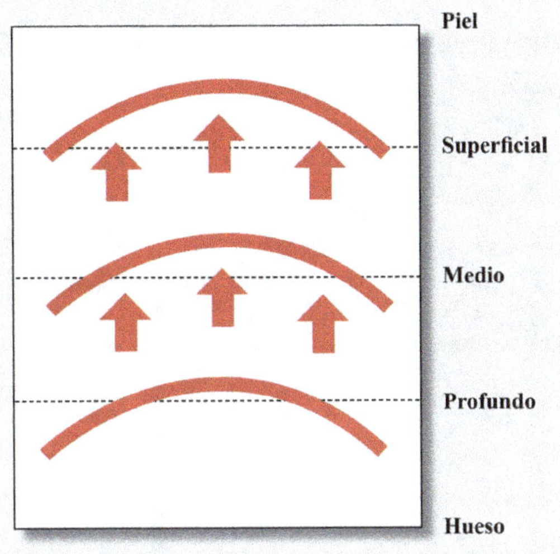

Ilustración 95: Pulso de Fuego por Exceso
(las flechas denotan una fuerza del pulso fuerte)

2. Pulso Alto- Fuerte- Delgado-Convexo (ilustración 96):

Diagnóstico: Calor por Exceso (Inflamación) & Estancamiento Secundario (Vasoconstricción/Arterioesclerosis/Ateroesclerosis)

Estrategia de Tratamiento: Aclarar Calor – 80% / Dispersar Estancamiento – 20%

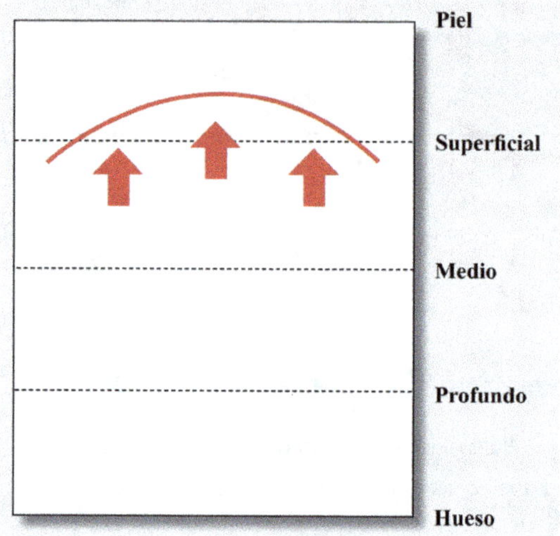

Ilustración 96: Pulso de Calor por Exceso & Estancamiento Secundario
(las flechas denotan una fuerza del pulso fuerte)

3. Pulso Alto-Sin Fuerza- Ligeramente Grueso-Convexo (ilustración 97):

Diagnóstico: Deficiencia de Qi (Deficiencia Funcional)

Estrategia de Tratamiento: Tonificar Qi – 100%

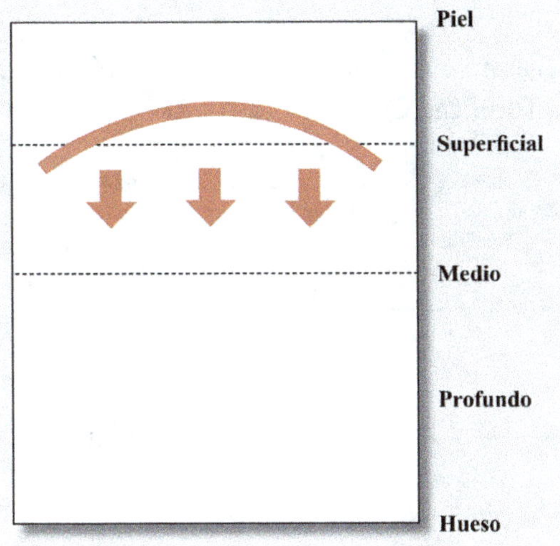

Ilustración 97: Pulso de Deficiencia de Qi
(las flechas denotan una fuerza del pulso débil)

4. Pulso Alto-Sin Fuerza-Ligeramente Delgado-Convexo (ilustración 98):

Diagnóstico: Deficiencia de Sangre (Anemia, Deficiencia de Fluidos/ Deficiencia de Nutrientes & Pérdida de Sangre) & Sequedad Secundaria (Deficiencia de Fluidos) con Deficiencia de Qi (Deficiencia Funcional)

Estrategia de Tratamiento: Nutrir Sangre – 70% / Humedecer Sequedad – 20% / Tonificar Qi – 10%

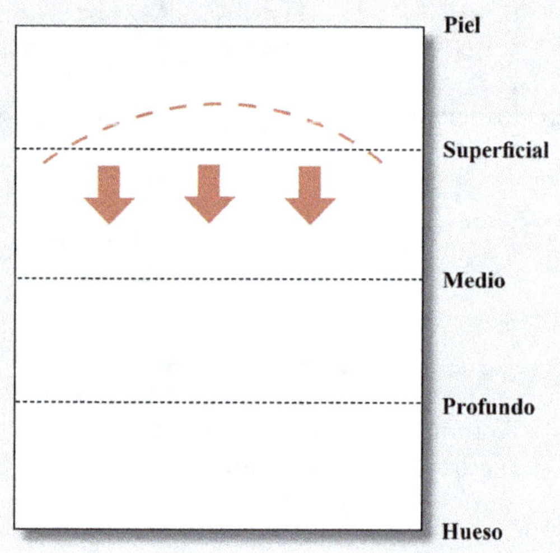

Ilustración 98: Pulso de Deficiencia de Sangre & Sequedad Secundaria
(las flechas denotan una fuerza del pulso débil)

Pulsos Patológicos Convexos-Bajos

1. Pulso Bajo-Fuerte-Ligeramente Grueso-Convexo (ilustración 99):

Diagnóstico: Estancamiento de Sangre (Obstrucción Circulatoria) & Calor-Humedad (Retención de Líquidos e Inflamación)

Estrategia de Tratamiento: Vigorizar Sangre – 70-80% / Aclarar Calor & Eliminar Humedad – 20-30%

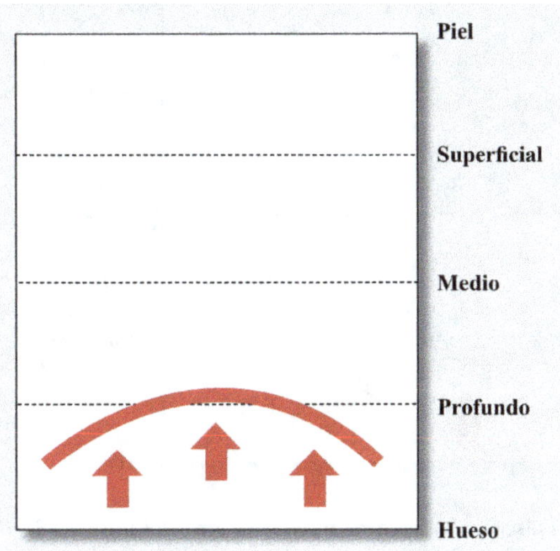

Ilustración 99: Pulso de Estancamiento de Sangre & Calor-Humedad
(las flechas denotan una fuerza del pulso fuerte)

2. Pulso Bajo-Fuerte-Delgado-Convexo (ilustración 100):

Diagnóstico: Estancamiento de Sangre (Oclusión Circulatoria) / Humedad (Retención de Líquidos) & Frío por Exceso Secundario (Vasoconstricción)

Estrategia de Tratamiento: Vigorizar Sangre – 80% / Dispersar Frío – 20%

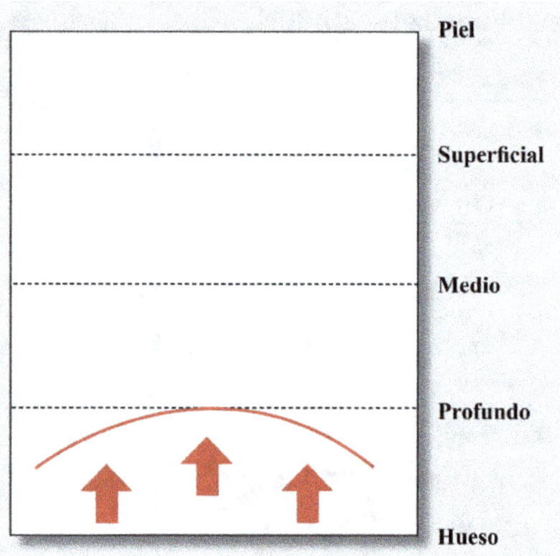

Ilustración 100: Pulso de Estancamiento de Sangre / Humedad & Frío por Exceso Secundario (las flechas denotan una fuerza del pulso fuerte)

3. Pulso Bajo-Sin Fuerza-Ligeramente Grueso-Convexo (ilustración 101):

Diagnóstico: Estancamiento de Sangre (Oclusión Circulatoria) / Humedad (Retención de Líquidos) & Deficiencia de Qi (Deficiencia Funcional)

Estrategia de Tratamiento: Vigorizar Sangre – 70% / Tonificar Qi – 20% / Resolver Humedad – 10%

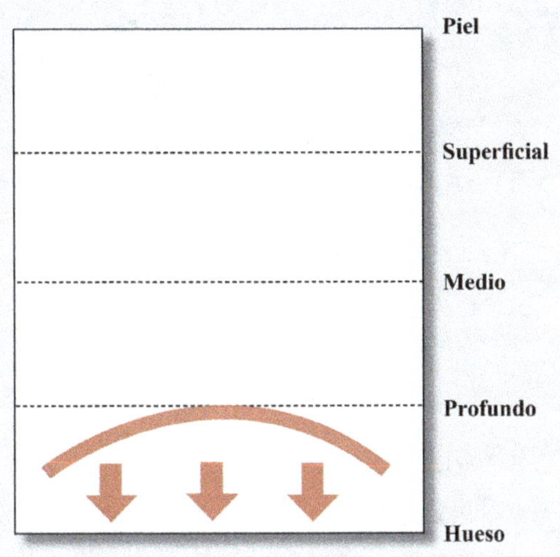

Ilustración 101: Pulso de Estancamiento de Sangre / Humedad & Deficiencia de Qi (las flechas denotan una fuerza del pulso débil)

4. Pulso Bajo-Sin Fuerza-Ligeramente Delgado-Convexo (ilustración 102):

Diagnóstico: Estancamiento de Sangre (Oclusión Circulatoria) / Humedad (Retención de Líquidos) & Deficiencia de Yang (Deficiencia Funcional con Frío)

Estrategia de Tratamiento: Vigorizar Sangre – 80% / Tonificar Yang – 20%

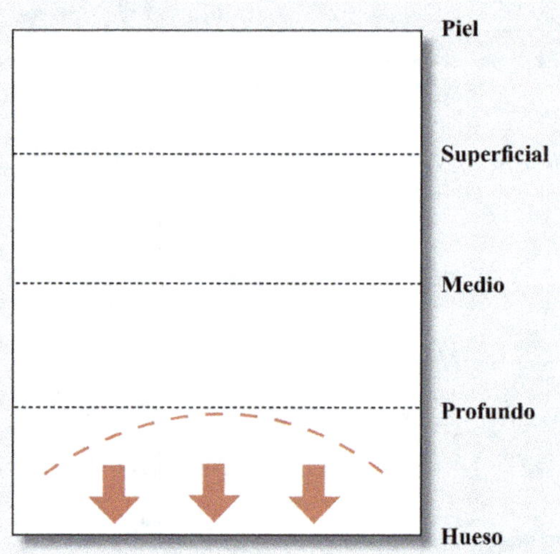

Ilustración 102: Pulso de Estancamiento de Sangre / Humedad & Deficiencia de Yang (las flechas denotan una fuerza del pulso débil)

Pulsos de Cuerda

El pulso de cuerda saludable es la forma fisiológica de la posición Guan izquierda (ilustración 103):

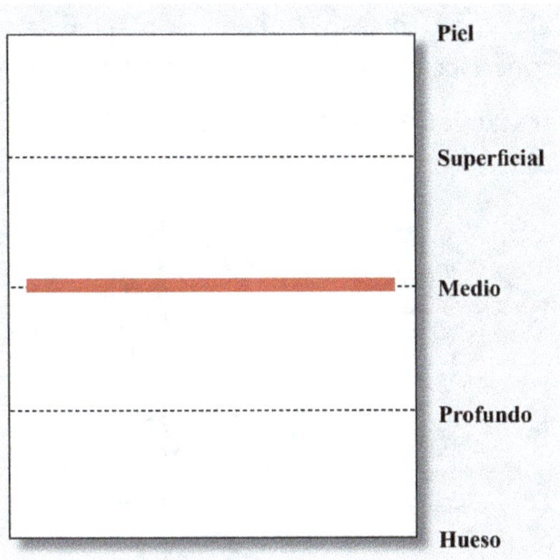

Ilustración 103: Pulso de cuerda saludable en la posición Guan izquierda

Con respecto al Cun derecho, un pulso Alto-De Cuerda representa un sistema inmune activo comprometido (Invasión de Viento). En estos casos, el sistema inmune responde a ciertas invasiones patógenas (p. ej. resfriado común, alérgenos aéreos). Un pulso Alto-Fuerte-Ligeramente Grueso-De Cuerda indica una respuesta inmune inflamatoria (condición de Viento-Calor). Un pulso Alto-Fuerte-Delgado-De Cuerda indica una respuesta inmune de menos gravedad y signos de frío (condición de Viento-Frío). Un pulso Alto-Sin Fuerza-Delgado-De cuerda indica un sistema inmune debilitado, susceptible a enfermedades y alergias persistentes.

Pulsos Patológicos Altos-De Cuerda

1. Pulso Alto-Fuerte-Ligeramente Grueso-De Cuerda (ilustración 104):

Diagnóstico: Calor por Exceso (Inflamación) & Estancamiento Secundario (Vasoconstricción/Arterioesclerosis/Ateroesclerosis)

Estrategia de Tratamiento: Aclarar Calor – 80% / Dispersar Estancamiento – 20%

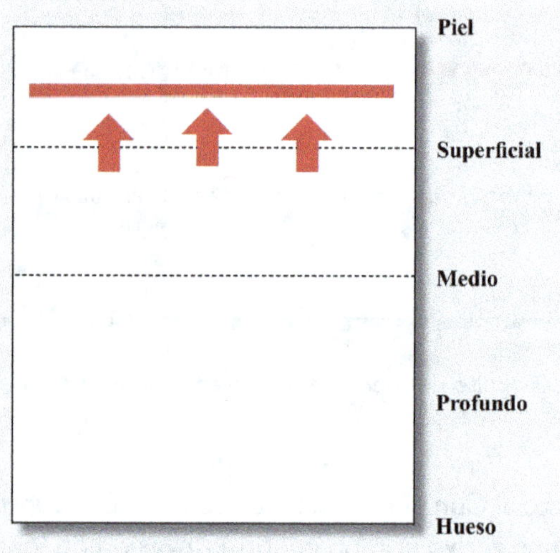

Ilustración 104: Pulso de Calor por Exceso & Estancamiento Secundario
(las flechas denotan una fuerza del pulso fuerte)

2. Pulso Alto-Fuerte-Delgado- De Cuerda (ilustración 105):

Diagnóstico: Calor por Exceso (Inflamación) convirtiéndose en Deficiencia de Yin con Calor (Deficiencia Funcional – Grado Bajo de Inflamación, Sequedad) & Estancamiento Secundario (Vasoconstricción/Arterioesclerosis/Ateroesclerosis)

Estrategia de Tratamiento: Nutrir Yin – 70% / Aclarar calor – 20% / Dispersar Estancamiento – 10%

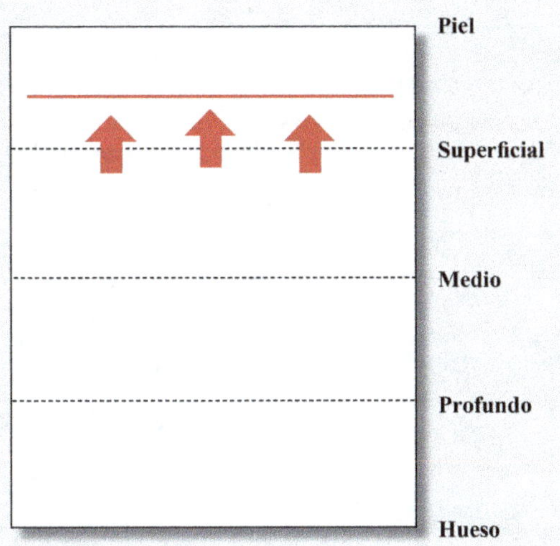

Ilustración 105: Pulso de Calor por Exceso convirtiéndose en Deficiencia de Yin con Calor & Estancamiento Secundario (las flechas denotan una fuerza del pulso fuerte)

3. Pulso Alto-Fuerte-Ligeramente Grueso-De Cuerda (ilustración 106):

Diagnóstico: Deficiencia de Qi (Deficiencia Funcional) con Calor (Inflamación) & Estancamiento Secundario (Vasoconstricción/Arteriosclerosis/Ateroesclerosis)

Estrategia de Tratamiento: Aclarar Calor – 60% / Tonificar Qi – 20% / Dispersar Estancamiento – 20%

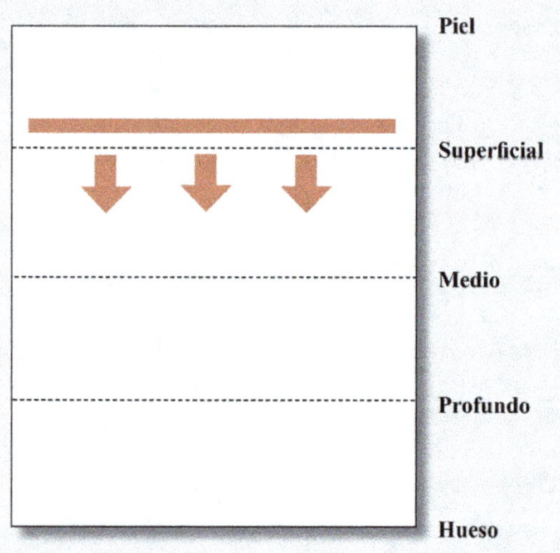

Ilustración 106: Pulso de Deficiencia de Qi con Calor & Estancamiento Secundario (las flechas denotan una fuerza del pulso débil)

4. Pulso Alto-Sin Fuerza-Delgado-De Cuerda (ilustración 107):

Diagnóstico: Deficiencia de Yin (Deficiencia de Fluidos – Sequedad, Grado Bajo de Inflamación)

Estrategia de Tratamiento: Nutrir Yin – 100%

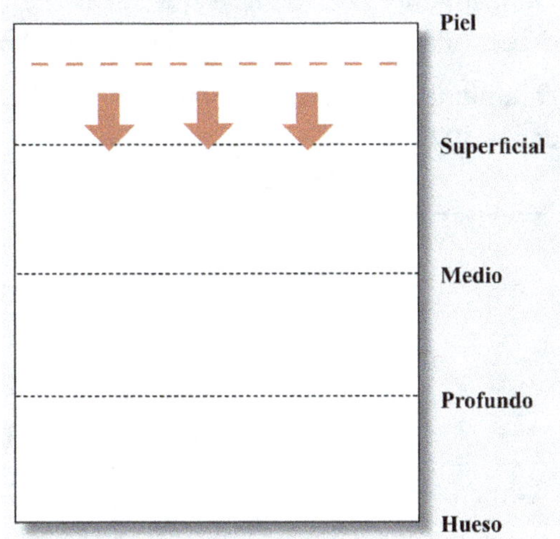

Ilustración 107: Pulso de Deficiencia de Yin

(las flechas denotan una fuerza del pulso débil)

Pulsos Patológicos Bajos-De Cuerda

I. Pulso Bajo-Fuerte-Ligeramente Grueso-De Cuerda (ilustración 108):

Diagnóstico: Estancamiento de Sangre (Oclusión Circulatoria) & Calor-Humedad Secundario (Retención de Líquidos e Inflamación)

Estrategia de Tratamiento: Vigorizar Sangre – 70% / Aclarar Calor & Eliminar Humedad – 30%

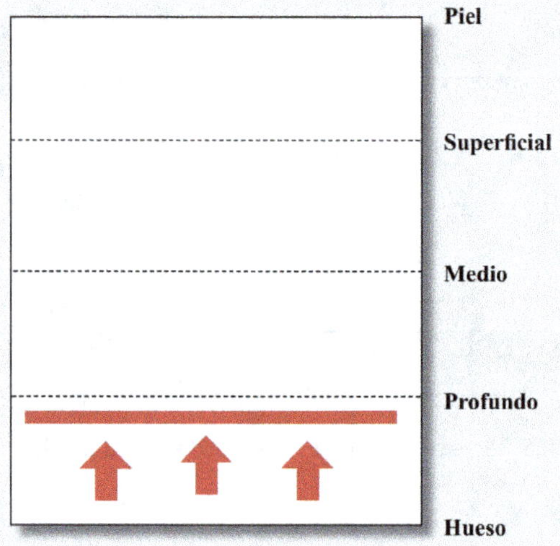

Ilustración 108: Pulso Estancamiento de Sangre & Calor-Humedad Secundario (las flechas denotan una fuerza del pulso fuerte)

2. Pulso Bajo-Fuerte-Delgado-De Cuerda (ilustración 109):

Diagnóstico: Estancamiento de Sangre (Oclusión Circulatoria) & Frío por Exceso Secundario (Vasoconstricción) con Humedad (Retención de Líquidos)

Estrategia de Tratamiento: Vigorizar Sangre – 70% / Dispersar Frío y Humedad – 30%

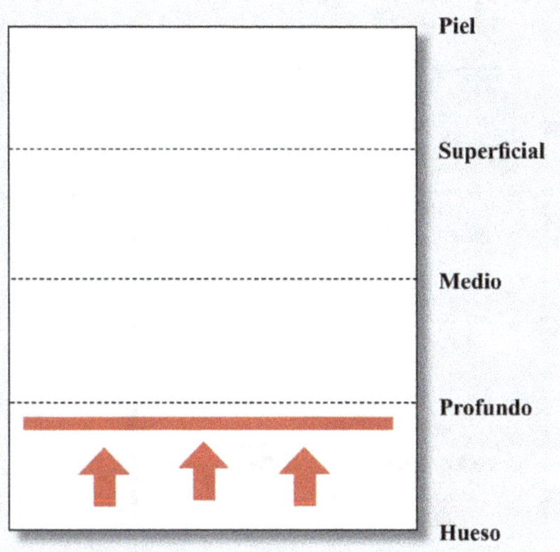

Ilustración 109: Pulso de Estancamiento de Sangre & Frío por Exceso Secundario con Humedad (las flechas denotan una fuerza del pulso fuerte)

3. Pulso Bajo-Sin Fuerza-Ligeramente Grueso-De Cuerda (ilustración 110):

Diagnóstico: Estancamiento de Sangre (Oclusión Circulatoria) / Deficiencia de Qi (Deficiencia Funcional) & Humedad Secundaria (Retención de Líquidos)

Estrategia de Tratamiento: Vigorizar Sangre – 80% / Tonificar Qi y Eliminar Humedad – 20%

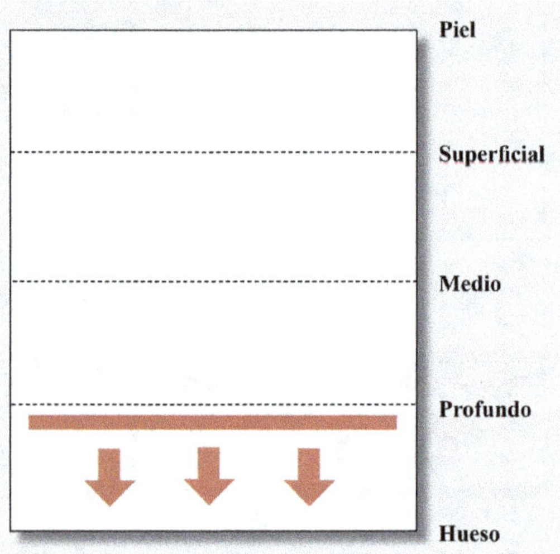

Ilustración 110: Estancamiento de Sangre / Deficiencia de Qi & Humedad Secundaria

(las flechas denotan una fuerza del pulso débil)

4. Pulso Bajo-Sin Fuerza-Delgado-De Cuerda (ilustración 111):

Diagnóstico: Estancamiento de Sangre (Oclusión Circulatoria) / Deficiencia de Yang (Deficiencia Funcional con Frío)

Estrategia de Tratamiento: Vigorizar Sangre – 70% / Tonificar Yang – 30%

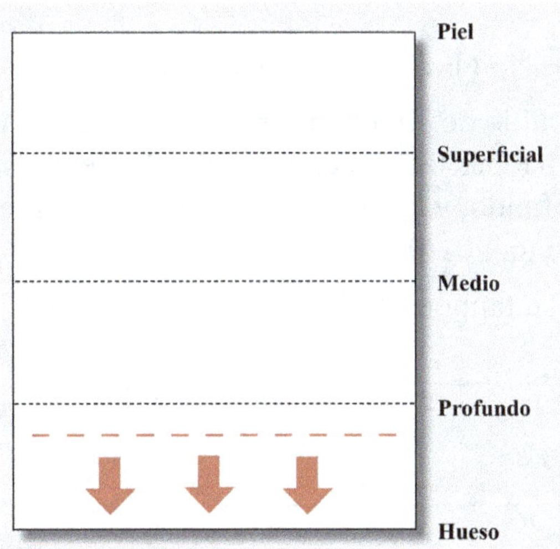

Ilustración 111: Pulso de Estancamiento de Sangre & Deficiencia de Yang
(las flechas denotan una fuerza del pulso débil)

Pulsos Obstruidos – Estancamiento de Sangre (Oclusión Circulatoria)

Los pulsos de Estancamiento de Sangre se sienten profundos y amorfos en cuanto a su cualidad. En estos casos, la arteria radial carece de forma definida y límite. La cualidad amorfa se compara a poner los dedos en gelatina.

Los Pulsos Obstruidos representan diferentes niveles de Estancamiento de Sangre (Oclusión Circulatoria) y Humedad (Retención de Líquidos). El Estancamiento de Sangre se traduce como una obstrucción macro y micro circulatoria. Normalmente, la retención de líquidos es resultado de la oclusión circulatoria, aunque mucho depende del contexto de la condición del paciente. Para cada paciente, la presentación general del pulso y los síntomas/signos concurrentes determinan las proporciones de Estancamiento de Sangre.

Los Pulsos Obstruidos se categorizan en una escala del 1 al 3, en relación a la cualidad palpable del bloqueo. Cada estado representa un cierto nivel de oclusión circulatoria, y tratar Pulsos Obstruidos de nivel 2-3 requier de estrategias fitoterapéuticas para vigorizar la sangre más fuertes.

1a. Pulso Obstruido Nivel 1 (ilustración 112):

El Pulso Obstruido de Nivel 1 representa un 20-30% de oclusión circulatoria. En todas las posiciones del pulso, el pulso se localiza en el nivel profundo, y la forma del pulso y los límites son palpables solamente un 50-70%.

Estrategia de Tratamiento: Vigorizar Sangre – 100%

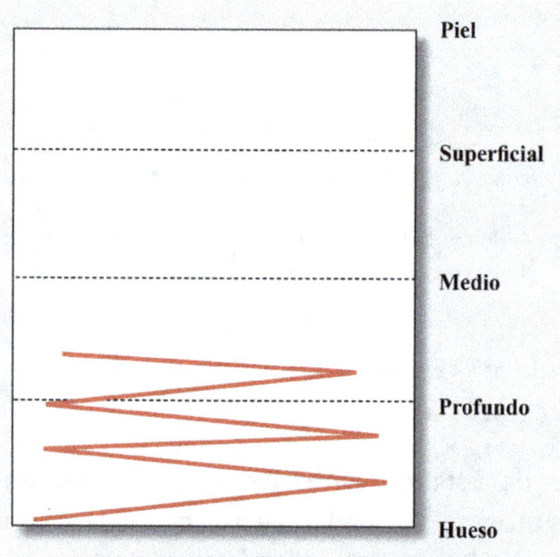

Ilustración 112: Pulso Obstruido Nivel 1

1b. Pulso Obstruido Nivel 2 (ilustración 113):

El Pulso Obstruido de Nivel 2 representa un **30-50%** de oclusión circulatoria. En todas las posiciones del pulso, el pulso se localiza en el nivel profundo, y los límites del pulso son palpables solamente un **30-50%**.

Estrategia de Tratamiento: Vigorizar Sangre – 100%

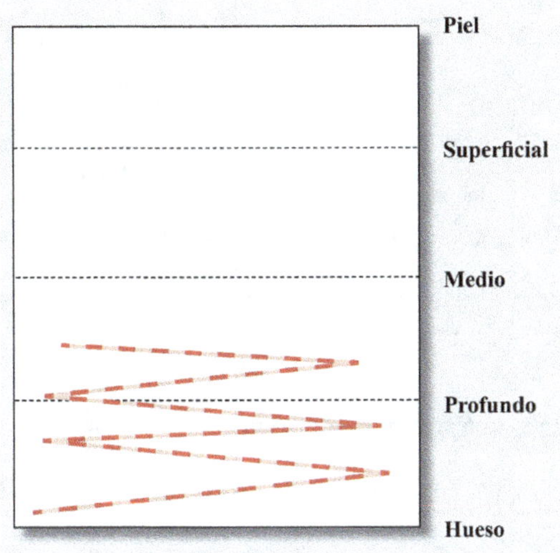

Ilustración 113: Pulso Obstruido Nivel 2

Ic. Pulso Obstruido Nivel 3 (ilustración II4):

El Pulso Obstruido de Nivel 3 representa más del 50% de oclusión circulatoria. En todas las posiciones del pulso, el pulso se localiza en el nivel profundo, y los límites del pulso son palpables menos del 20%.

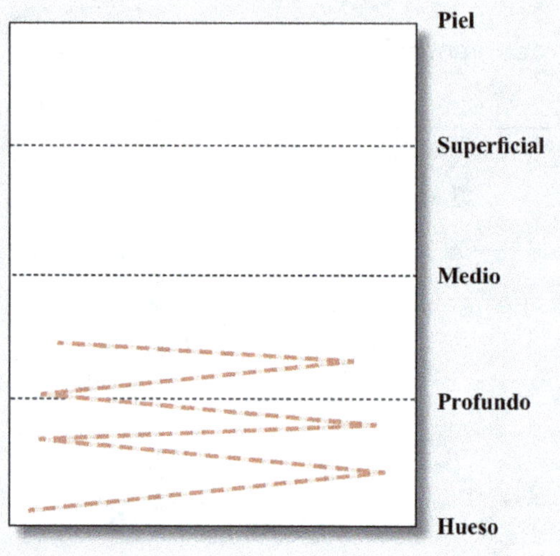

Ilustración II4: Pulso Obstruido Nivel 3

2. Pulso de Estancamiento de Sangre con Frío por Exceso (ilustración 115):

El Pulso de Estancamiento de Sangre (Oclusión Circulatoria) y Frío por Exceso (Vasoconstricción) se manifiestan como un pulso muy delgado y ligeramente duro que se localiza dentro del pulso Obstruido en lo profundo. En todas las posiciones del pulso, este pulso se localiza en el nivel profundo y puede darse en cualquier nivel de los Pulsos Obstruidos. Este pulso se encuentra a veces en la posición Cun izquierda en pacientes con angina pectoral clínica o subclínica.

Estrategia de Tratamiento: Vigorizar Sangre – 80% / Dispersar Frío – 20%

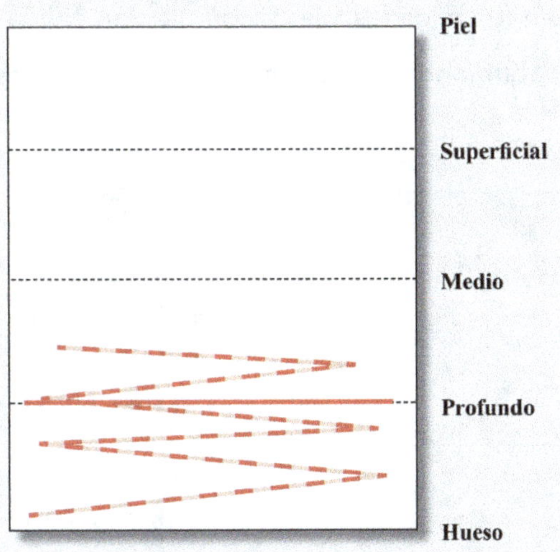

Ilustración 115: Pulso de Estancamiento de Sangre con Frío por Exceso

3. Pulso de Estancamiento de Sangre con Deficiencia de Yang (ilustración 116):

El Pulso de Estancamiento de Sangre (Oclusión Circulatoria) con Deficiencia de Yang (Deficiencia Funcional con Frío) manifiesta un pulso muy delgado que "cede" a la presión y se localiza dentro del pulso Obstruido en lo profundo. En todas las posiciones del pulso, este pulso se localiza en el nivel profundo y puede ocurrir con cualquier nivel de los pulsos Obstruidos. Estos pulsos representan un grado de deterioro de un órgano y la pérdida de la función durante un periodo prolongado. La vasoconstricción crónica debido al Estancamiento de Sangre reduce la circulación sanguínea óptima, lo que a la larga conduce a una debilidad en la función del órgano que se manifiesta con signos de fatiga, extremidades frías y complexión pálida.

Estrategia de Tratamiento: Vigorizar Sangre – 70% / Tonificar Yang – 30%

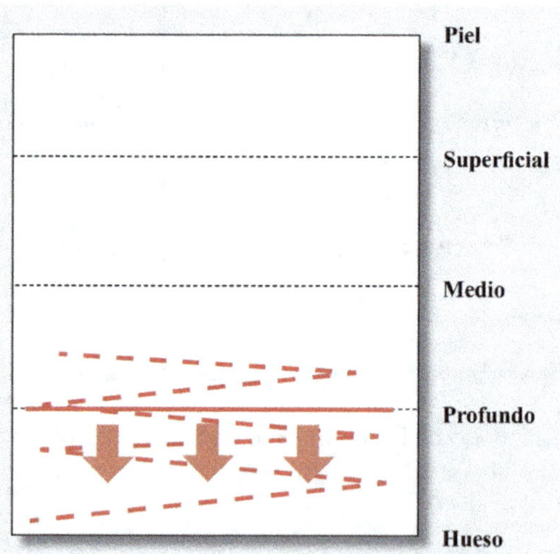

Ilustración 116: Pulso de Estancamiento de Sangre con Deficiencia de Yang
(las flechas denotan una fuerza del pulso débil)

4. Pulso de Estancamiento de Sangre y Qi & Deficiencia de Sangre (ilustración 117):

El Pulso de Estancamiento de Sangre (Oclusión Circulatoria) y Qi (Deficiencia Funcional) y Deficiencia de Sangre (Anemia, Deficiencia de Fluidos, Deficiencia de Nutrientes) representa una oclusión circulatoria recurrente con una función orgánica deficiente. Este pulso se siente a veces en la posición Cun izquierda que corresponde con el corazón. Con el tiempo, la restricción circulatoria disminuye los factores nutritivos al corazón y a la larga conduce a una función cardiaca deficiente. Este pulso se siente claramente como amorfo, con una cualidad de gelatina que "cede" completamente con un poco de presión. Esta posición se siente como un espacio hueco, vacío de cualquier otra cualidad del pulso perceptible.

Estrategia de Tratamiento: Vigorizar Sangre - 70-80% / Tonificar Qi y Nutrir Sangre – 20-30%

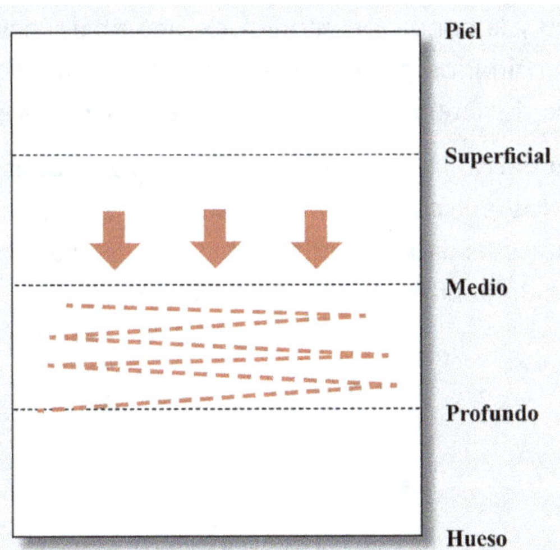

Ilustración 117: Pulso de Estancamiento de Sangre y Qi y Deficiencia de Sangre
(las flechas denotan una fuerza del pulso débil)

Pulsos Comprimidos

Los Pulsos Comprimidos representan agregaciones tisulares que obstruyen la circulación sanguínea óptima a sistemas de órganos específicos y a regiones anatómicas. Estos pulsos mantienen una presentación notablemente convexa y se clasifican en base al tamaño relativo y al grado de firmeza. La localización de los pulsos Comprimidos están dentro de varias capas de tejido fascial íntimamente conectado con la arteria radial. Estos hallazgos no mantienen un patrón de la ola del pulso pero en cambio integran un patrón de ola específico del pulso radial. En cada posición del pulso, es la cualidad del pulso Comprimido en combinación con el pulso radial lo que determina la condición de acumulación tisular precisa del paciente.

Pulsos Comprimidos Pequeños (ilustración 118):

Los Pulsos Comprimidos Pequeños son palpables como masas diminutas con una punta definida. La dureza relativa de estos pulsos determina la gravedad y la condición crónica de una obstrucción particular. Los pulsos comprimidos pequeños de cualidad dura representan el grado más grave de acumulación tisular y neoplasia potencial.

Debajo se encuentra la descripción de las relaciones diagnósticas potenciales de los pulsos cortos que se localizan en cada posición del pulso. Si esta cualidad del pulso se siente, se recomienda que el paciente busque un análisis diagnóstico médico.

Yangwei Derecho: Embolia Pulmonar, EPOC, Bronquitis Crónica, Asma, Tejido Cicatricial por una Operación de Pulmón, Fibrosis Quística, Enfermedad de Wegener, tumores en el Pulmón

Cun Derecho: Pólipos Nasales, Pólipos Intestinales, Hemorroides, Diverticulosis, Tejido Cicatricial por una Operación de los Senos Nasales, Tabique Nasal Desviado

Guan Derecho: Úlceras Estomacales, Pólipos Estomacales, Aneurisma Aórtico Abdominal, Tejido Cicatricial por una Cirugía Regional

Chi Derecho: Cálculos Renales en el Uréter Derecho, Hombro Congelado, Osteofitos Torácicos, Tejido Cicatricial por una Operación de Hombro

Proximal Derecho: Osteofitos Cervicales, Tejido Cicatricial por una Cirugía en las Regiones Torácicas y Cervicales

Cun Izquierdo: Aneurisma Aórtico Torácico, Trauma Torácico, Tejido Cicatricial por una Cirugía Cardiaca

Guan Izquierdo: Cálculos Biliares, Quistes Hepáticos, Tejido Cicatricial por una Cirugía Regional

Chi Izquierdo: Cálculos Renales en el Uréter Izquierdo, Hernia Inguinal, Daño del Tejido Blando de la Rodilla (Chi central) / Cadera (Chi distal) / Tobillos (Chi proximal)

Chi Izquierdo en Mujeres: Quiste Uterino, Fibroides Quísticos, Tejido Cicatricial por una Cirugía del Sistema Reproductor

Chi Izquierdo en Hombres: Cicatriz por Vasectomía, Varicocele

Proximal Izquierdo: Tejido Cicatricial en la Región Lumbar

Proximal Izquierdo en Mujeres: Quistes Uterinos Múltiples, Fibromas Uterinos, Enfermedad de Ovario Poliquístico, Tejido Cicatricial por una Cirugía del Sistema Reproductor

Estrategia de Tratamiento: Vigorizar Sangre Fuertemente / Deshacer Estancamiento de Sangre

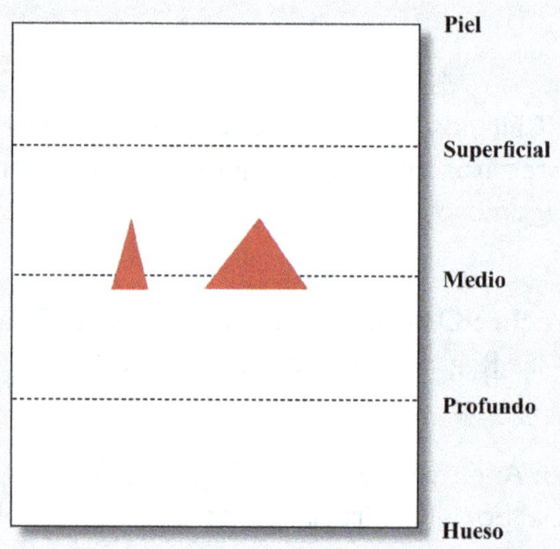

Ilustración 118: Pulsos Comprimidos Pequeños (blandos o duros)

Pulsos Comprimidos Medianos / Grandes (ilustración 119 & 120)

Los Pulsos Comprimidos medianos y grandes se sienten como masas convexas que no ocupan la posición entera del pulso. Estos pulsos se encuentran normalmente en las posiciones del Chi derecho e izquierdo y representan condiciones de dolor inflamatorias de la región anatómica correspondiente. Los pulsos Comprimidos grandes que ocurren con el pulso de Calor por Exceso (inflamación) en las posiciones Chi, representan una inflamación activa y dolor. Los pulsos comprimidos más duros que ocurren sin el pulso de Calor por Exceso (inflamación) representan una condición más crónica de un daño tisular con restricción circulatoria. En hombres, la presentación bilateral de pulsos Comprimidos medianos o grandes en ambas posiciones Chi pueden representar problemas de próstata, tales como Hiperplasia Benigna de Próstata, Prostatitis y enfermedad de la Próstata.

Debajo se expone una descripción de las relaciones diagnósticas potenciales del pulso Comprimido mediano y largo localizado en las posiciones Chi.

Chi Derecho: Inflamación del Complejo del Hombro, Inflamación de la Región Torácica

Chi Izquierdo: Rodilla (Chi central) / Cadera (Chi distal) / Tobillo (Chi proximal)

Estrategia de Tratamiento: Vigorizar Sangre / Reducir Inflamación

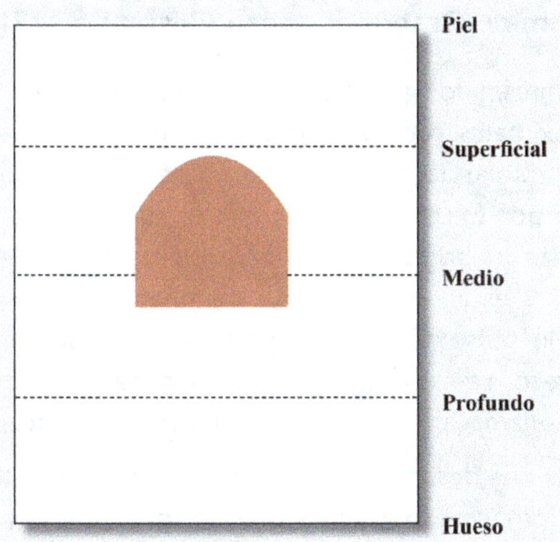

Ilustración 119: Pulso Comprimido mediano (blando o duro)

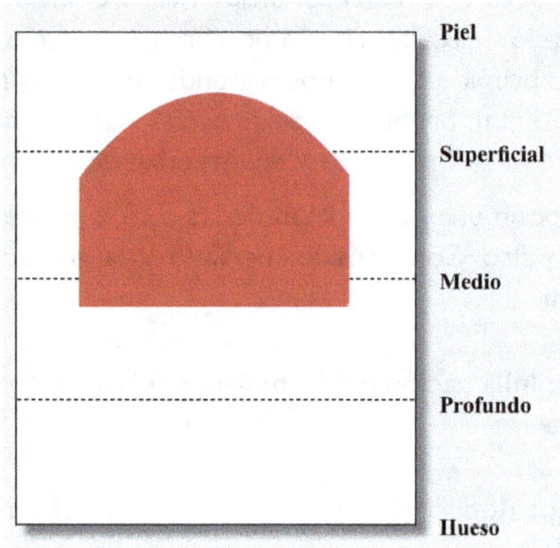

Ilustración 120: Pulso Comprimido grande (duro o blando)

Pulso Comprimido Grande-Extenso (ilustración 121)

Los pulsos Comprimidos grandes que se extiende desde el Chi hasta las posiciones Proximales representan condiciones de dolor inflamatorias de una región miofascial amplia. Cuando se siente ese pulso con un pulso de Calor por Exceso (inflamación), el pulso Comprimido grande-extenso está más arriba y es fuerte. En estos casos, las regiones tisulares correspondientes están en un estado de inflamación activa y dolor. La presencia de un pulso Comprimido grande-extenso, sin un pulso de Calor por Exceso, representa una condición de dolor crónico con un grado bajo de inflamación y circulación sanguínea estancada.

Abajo se detalla una descripción de las relaciones diagnósticas potenciales del pulso Comprimido grande-extenso localizado en las posiciones Chi y Proximal.

Chi Derecho: Inflamación de la Región Cervical, Inflamación de la Región Torácica

Chi Izquierdo: Inflamación de la Región Lumbar

Estrategia de Tratamiento: Vigorizar Sangre / Aclarar Calor

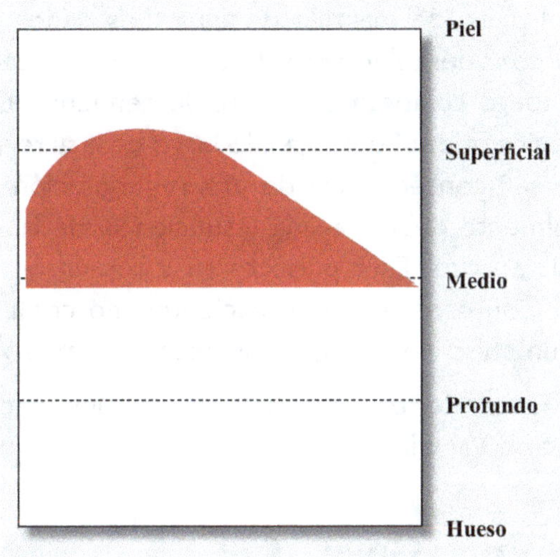

Ilustración 121: Pulso Comprimido Grande-Extenso

Pulsos Sistémicos

Los pulsos descritos en esta sección representan patologías que afectan a la presentación entera del pulso radial. Cada una de estas patologías se relaciona con una disfunción específica del corazón o disfunción cardiovascular sistémica que puede tener un impacto amplio sobre múltiples sistemas de la salud.

Pulso Sube-Baja (ilustración 122)

Al sentir el pulso estándar, solamente el aspecto ascendente de la ola del pulso se siente y aporta información diagnóstica. Contrariamente, al palpar el pulso Arriba-Abajo, se sienten los aspectos ascendente y descendente de la ola del pulso. El término médico occidental para este pulso es el pulso de martillo de agua. Los dedos que diagnostican se elevan considerablemente durante la fase ascendente de la ola del pulso y luego colapsan en la fase descendente. Esto crea una sensación mecánica que sube y baja a lo largo de la arteria radial. Esta cualidad puede ser consecuencia de una regurgitación de la válvula aórtica, generalmente debida a una insuficiencia de la válvula aórtica y a estenosis aórtica. Este pulso es más común en pacientes de edad avanzada. Con este grupo de pacientes, no confundir el pulso Sube-Baja con un pulso de Calor por Exceso (inflamación).

Estrategia de Tratamiento: Vigorizar Sangre Fuertemente para Resolver Calcificación Valvular

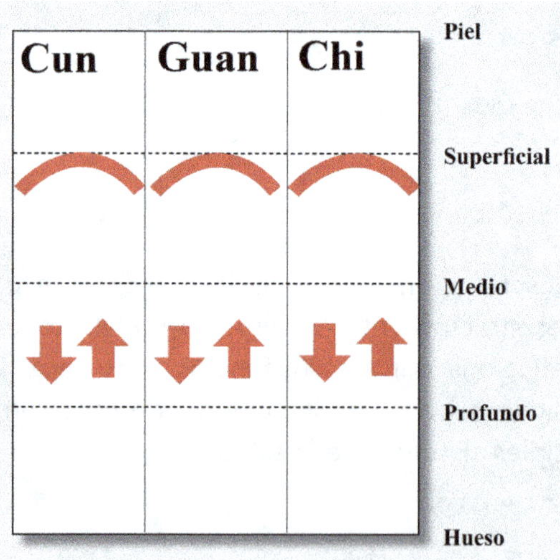

Ilustración 122: Pulso Sube-Baja

Pulso de Sangre Viscosa (ilustración 123)

Los pulsos saludables mantienen una cualidad fluida como el agua como resultado de la composición sanguínea saludable. La sangre circulando en los vasos sanguíneos contiene plasma, glóbulos rojos, glóbulos blancos y plaquetas. El plasma está hecho en su mayoría de agua e incluye proteínas, factores coagulantes, electrolitos, nutrientes y productos de desecho.

El pulso de Sangre Viscosa indica una mayor densidad de las partículas en el torrente sanguíneo. Este problema puede derivar de un nivel alto de lípidos y glucosa en la sangre por una mala dieta, productos de desecho/toxinas acumuladas, y trastornos sanguíneos que impliquen una producción anormal de glóbulos.

En este caso, los límites de los vasos sanguíneos son claramente palpables, pero el fluido dentro de la arteria se siente grueso, viscoso y lento.

Estrategia de Tratamiento: Vigorizar Sangre / Desintoxicar Sangre

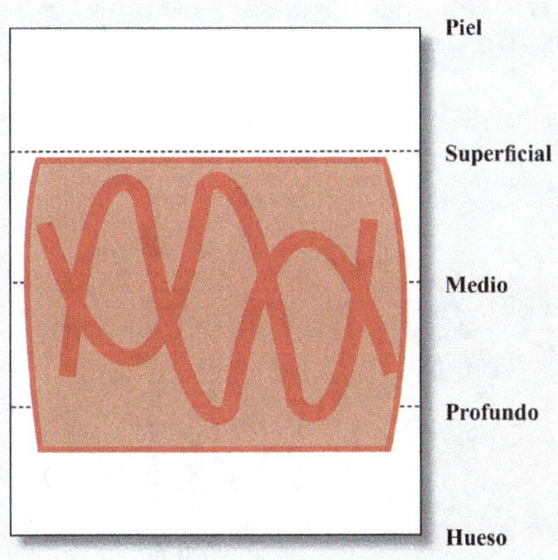

Ilustración 123: Pulso de Sangre Viscosa

Pulso Rígido (ilustración 124)

La circulación óptima de sangre y los factores nutritivos a través del cuerpo requieren de unas arterias elásticas y flexibles, especialmente cerca del corazón. Con la edad y problemas de salud agravados tales como colesterol alto, presión sanguínea alta, diabetes y obesidad, las paredes arteriales pueden endurecerse, debido a la calcificación, y perder la habilidad de expandirse conforme la sangre circula a través del cuerpo. Esto puede llevar a una circulación sanguínea restringida en los órganos del cuerpo y los sistemas tisulares. En medicina occidental, el término para esta condición es arterioesclerosis. Esta condición puede conducir a la enfermedad de la arteria coronaria, enfermedad de la arteria periférica, enfermedad de la arteria carótida, aneurismas y enfermedad crónica del riñón.

El pulso Rígido representa el endurecimiento del sistema arterial. Con este pulso, toda la arteria radial se siente como un pulso duro, ligeramente grueso y de cuerda que resiste a la presión. Esta estructura comprometida del vaso sanguíneo limita la circulación sanguínea óptima a las regiones internas y externas del cuerpo y puede provocar una infinidad de problemas de salud.

Estrategia de Tratamiento: Vigorizar Fuertemente Sangre, Vasodilatar y Relajar Paredes Arteriales

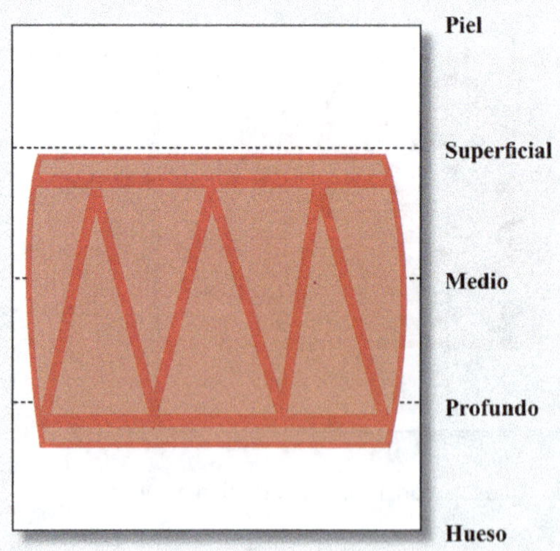

Ilustración 124: Pulso Rígido

Pulso Grueso-Hinchado (ilustración 125)

La ateroesclerosis es el estrechamiento del diámetro interno de la pared arterial por la combinación de acumulación de lípidos, proteínas, colesterol, calcio y la proliferación de células de los vasos sanguíneos. Este problema inflamatorio puede obstruir parcial o enteramente la circulación sanguínea a lo largo de las distribuciones arteriales al corazón, cerebro, pelvis, piernas, brazos o riñones. Esta condición puede llevar a patología en la arteria coronaria, patología en la arteria periférica, patología en la arteria carótida, aneurismas y enfermedad crónica del riñón.

El pulso Grueso-Hinchado representa un estrechamiento sistémico del diámetro interno de las paredes arteriales debido a la inflamación y proliferación celular. Con este pulso, toda la pared arterial se siente ligeramente gruesa e hinchada. Al incrementar la presión también manifiesta una cualidad de esponja de la pared del vaso.

Estrategia de Tratamiento: Vigorizar Sangre / Reducir Inflamación

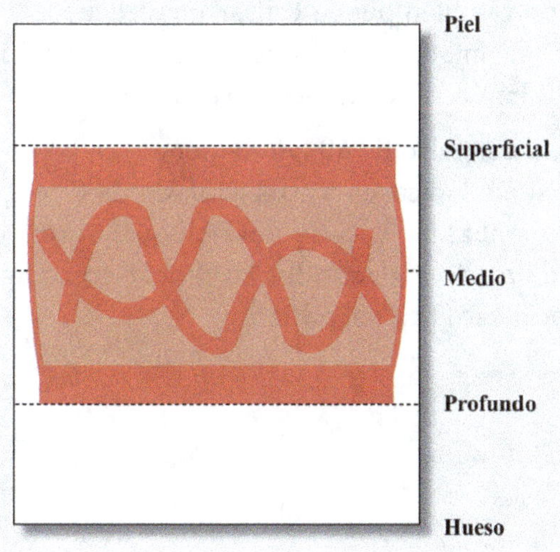

Ilustración 125: Pulso Grueso-Hinchado

Frecuencia del Pulso

En MPD, los minuciosos hallazgos del pulso radial son la herramienta diagnóstica más definitiva. La frecuencia del pulso es una medida secundaria que contribuye al diagnóstico del paciente. Véase que ciertos problemas de salud y determinados medicamentos pueden alterar la frecuencia del pulso.

La media de frecuencia del pulso es aproximadamente de 72 latidos por minuto (lpm).

Cualquier frecuencia cardiaca entre 70-80 lpm está dentro de unos límites razonables. Véase que la frecuencia de pulso estándar de un atleta tenaz puede ser menor que estos límites.

La frecuencia del pulso de 80 lpm o más es demasiado rápido y puede indicar una condición de Exceso, Calor (inflamación) o una combinación de ambas. Es importante ver que una deficiencia funcional en el corazón también puede causar una frecuencia cardiaca alta. La presencia de una infección o absceso puede generar una frecuencia del pulso de 120 lpm o más con fiebre recurrente.

La frecuencia del pulso de 60 lpm o menos (en un no atleta) es demasiado bajo y suele indicar una condición de Deficiencia, Frío o una combinación de ambas. El uso de beta-bloqueadores, bloqueadores de los canales de calcio y glucósidos cardiotónicos (Digoxina) suelen bajar la frecuencia cardiaca del paciente.

Conclusión

Este libro está diseñado para proporcionar una guía a cada terapeuta con los pasos principales para completamente entender y aplicar con eficacia MPD en su consulta. El sistema MPD ha sido la herramienta diagnóstica principal empleada en el Acupuncture Wellness Center, P.S. a lo largo de los últimos veinte años en el tratamiento de más de 50.000.000 citas de pacientes. Único de esta clínica es la aplicación de planes de fitoterapia de cuatro a cinco meses, que permiten un continuo análisis y tratamiento de la condición del paciente hasta su resolución. Basado en el tratamiento de miles de pacientes, los métodos de MPD están en continuo refinamiento para así maximizar la eficacia de los tratamientos de fitoterapia de MTC. Un gran grupo de terapeutas que no para de crecer emplean ahora MPD como la herramienta principal en sus clínicas en el mundo entero. La relación establecida con los miles de terapeutas en los seminarios de MPD, en nuestra web educativa doane.us, y con aquellos que vienen a nuestra clínica para formarse, nos permite avanzar continuamente, seguir aprendiendo, y hacer que MPD sea más eficiente y eficaz en el marco terapéutico.

En mis treinta años estudiando Medicina China, estoy siempre perplejo de que una medicina autóctona de china de 2500 años tenga un efecto tan positivo y pronunciado sobre nuestro estado de salud general. El fracaso de la medicina occidental en el tratamiento de las enfermedades crónicas ha sido una puerta abierta para que la MTC haya podido crecer en el tratamiento de condiciones de salud de larga duración. La única técnica antigua diagnostica que queda por aprender para aumentar los resultados de la medicina china hoy en día es la habilidad para analizar los pulsos de manera correcta. MPD (Medical Pulse Diagnosis) aumentará de manera radical las habilidades de los terapeutas de medicina china en el mundo entero.

Es un honor para mí presentaros este método de la manera más clara hasta ahora.

Apéndice I

Posiciones del Pulso – Correspondencias Anatómicas y Condiciones

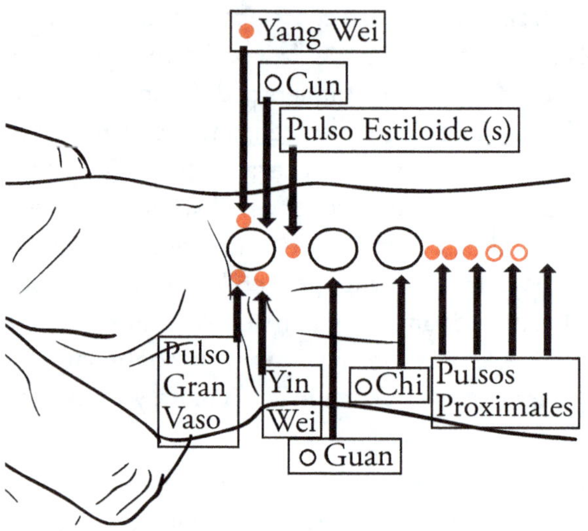

Localizaciones de los Pulsos Cun, Guan, Chi, Yang Wei, Yin Wei, Gran Vaso, Estiloides y Proximales

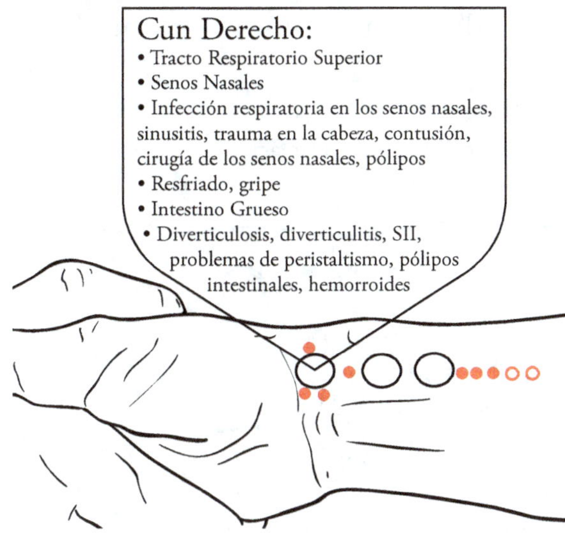

Posición del pulso Cun derecho y su correspondencia del tracto respiratorio superior, el intestino grueso y las condiciones asociadas

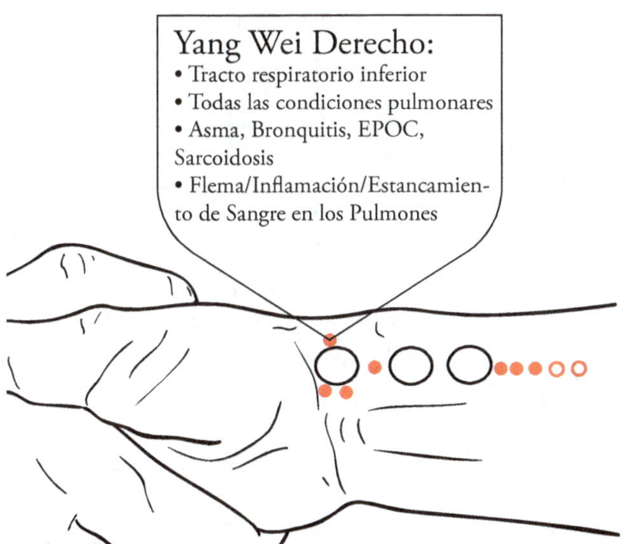

Posición del pulso Yang Wei derecho y su correspondencia con el tracto respiratorio inferior y las condiciones asociadas

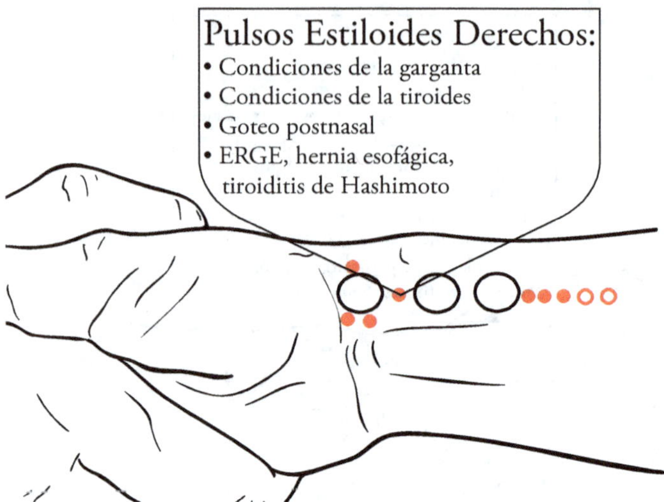

Pulsos Estiloides derechos y sus correspondencias con las enfermedades de la garganta, p. ej. enfermedades de la glándula tiroides, goteo post nasal, hernia esofágica y reflujo ácido

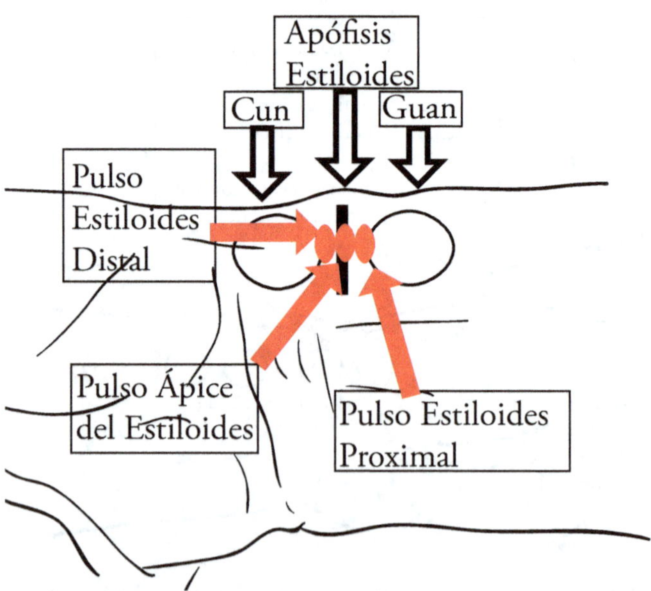

Localización de las posiciones de los pulsos Distal, Ápice y Proximal del Estiloides

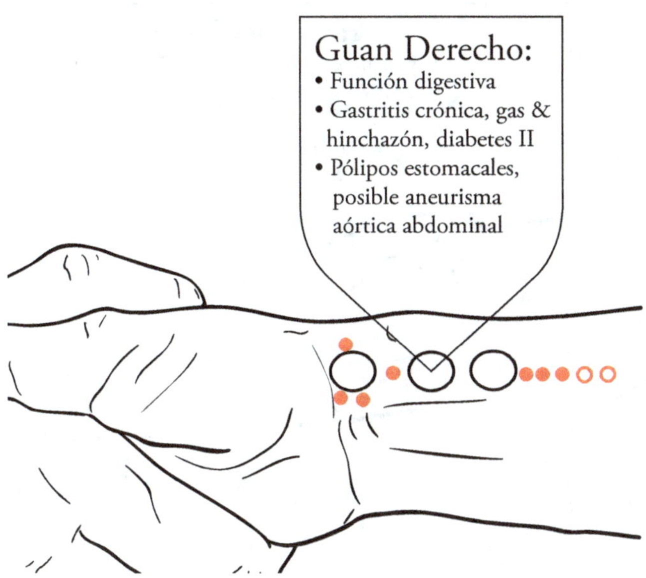

Posición del pulso Guan derecho y su correspondencia con condiciones gastrointestinales relacionadas con el estómago y páncreas

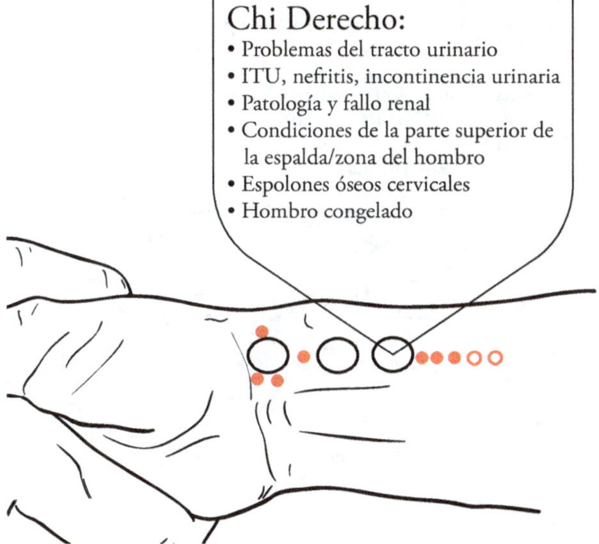

Posición del pulso Chi derecho y su correspondencia con los riñones, sistema urinario y las regiones torácicas y del hombro

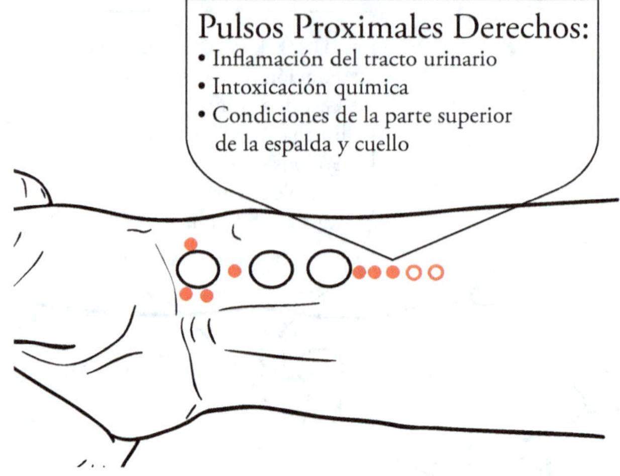

Posición del pulso Proximal derecho y su correspondencia con la región torácica/cervical superior, sistema urinario e intoxicación química potencial

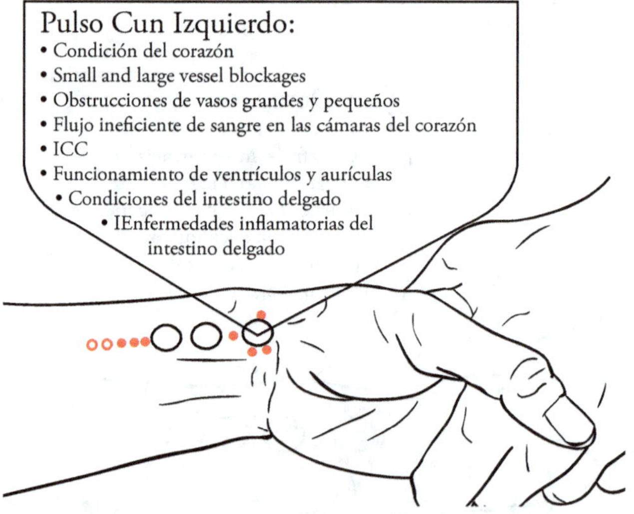

Posición del pulso Cun izquierdo y su correspondencia con la condición del corazón, pericardio e intestino delgado

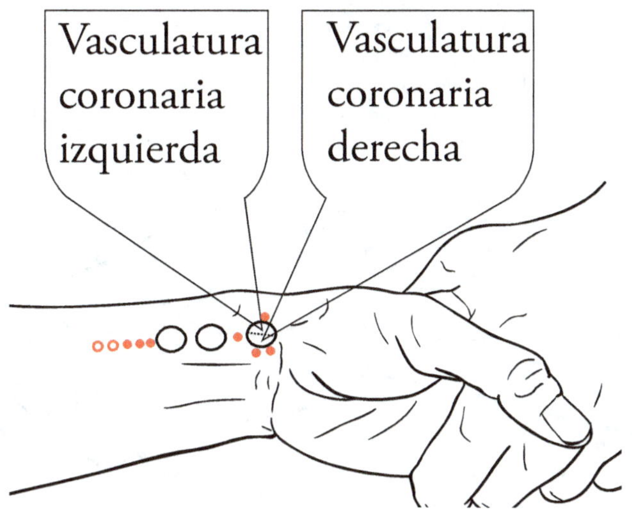

Posición del pulso Cun izquierdo y la localización de la vasculatura coronaria derecha e izquierda

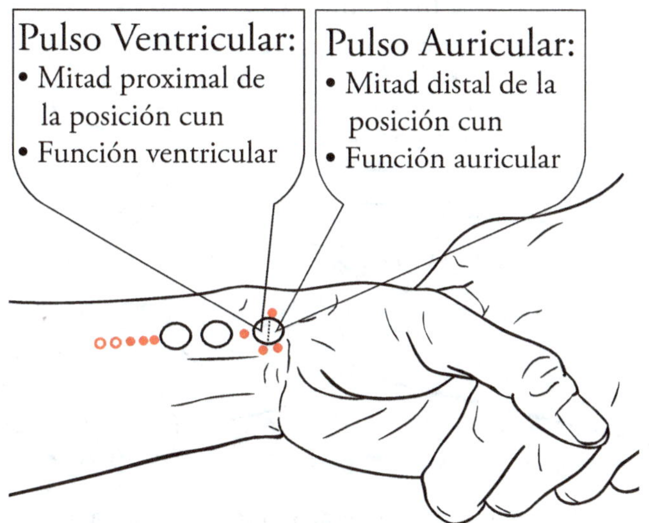

Posición del pulso Cun izquierdo y localización de las regiones auriculares y ventriculares

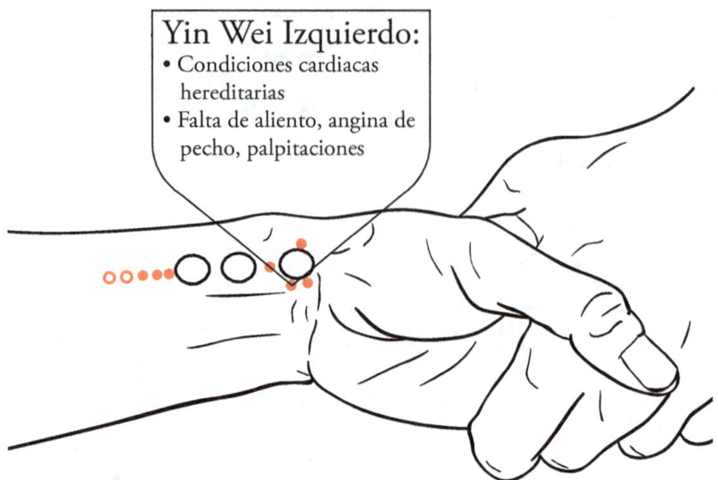

Pulso Yin Wei izquierdo y su correspondencia con condiciones
hereditarias cardiacas y síntomas del corazón

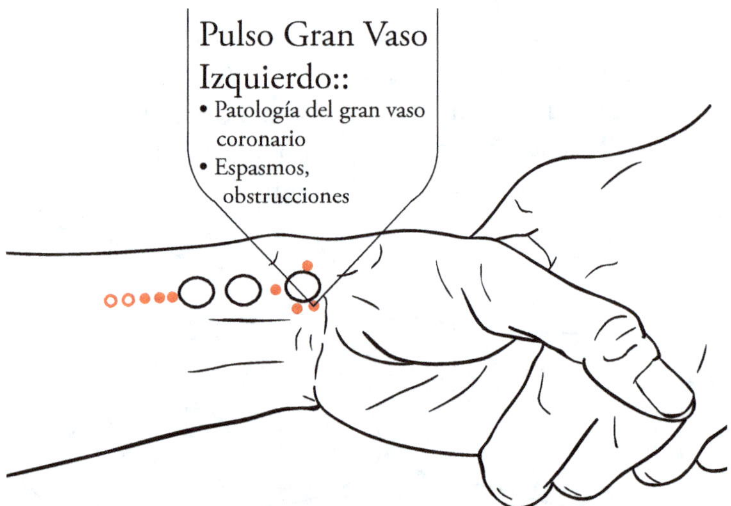

Pulso del Gran Vaso izquierdo y su correspondencia con
patología del gran vaso coronario

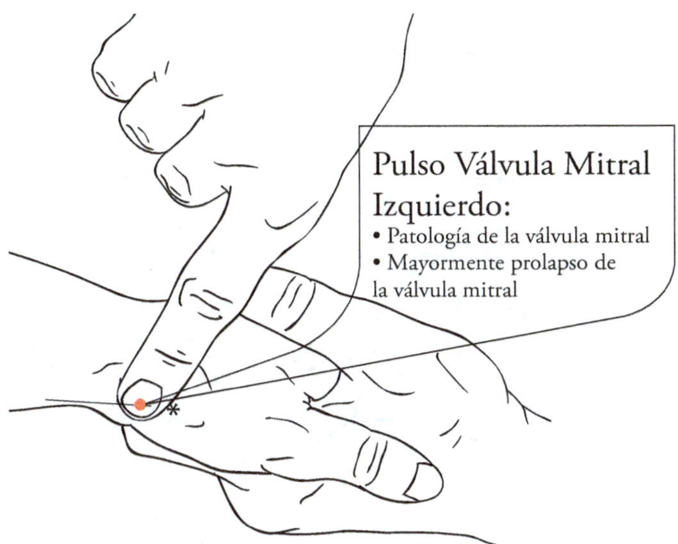

Pulso de la Válvula Mitral izquierdo y su correspondencia
con condiciones valvulares del corazón

(mayormente disfunción de la válvula mitral)

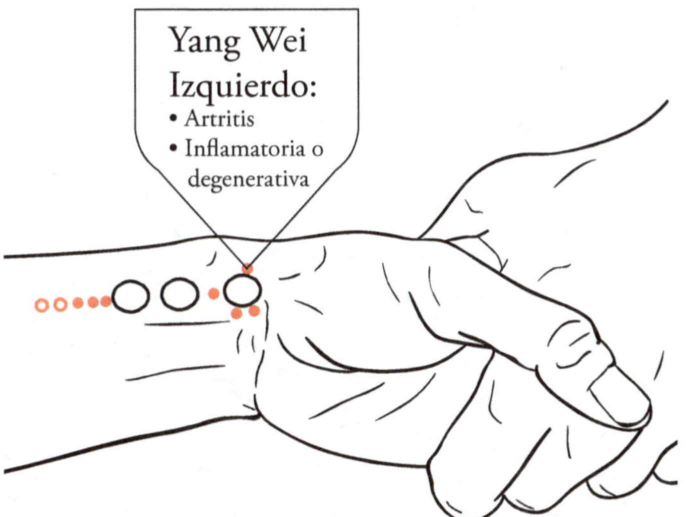

Posición del pulso Yang Wei izquierdo y su correspondencia
con artritis u otras afecciones reumatoides

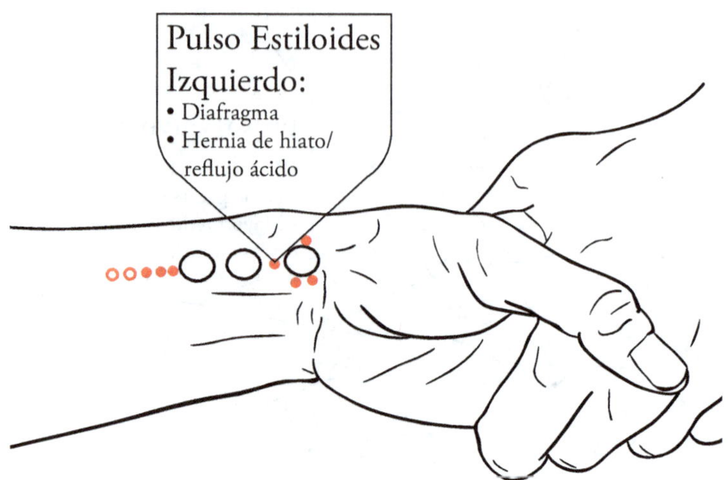

Posición del pulso Estiloides Izquierdo y su correspondencia
con el diafragma, reflujo ácido y hernia de hiato

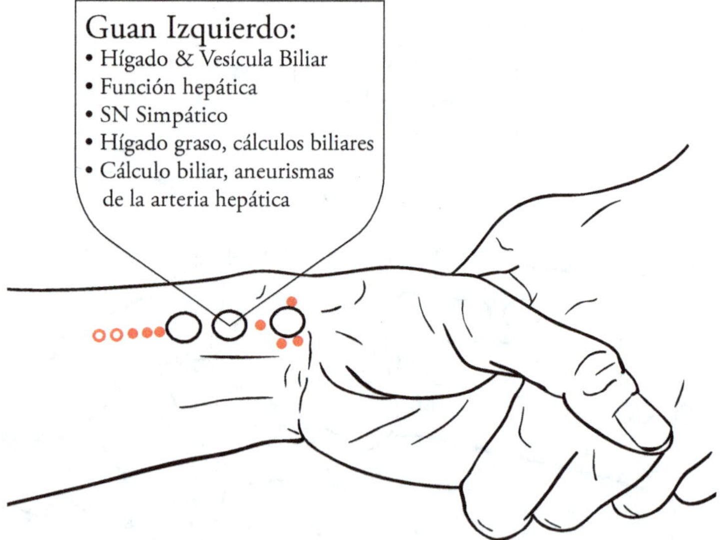

Posición del pulso Guan izquierda y su correspondencia con condiciones
del hígado y la vesícula biliar y condiciones mentales/emocionales

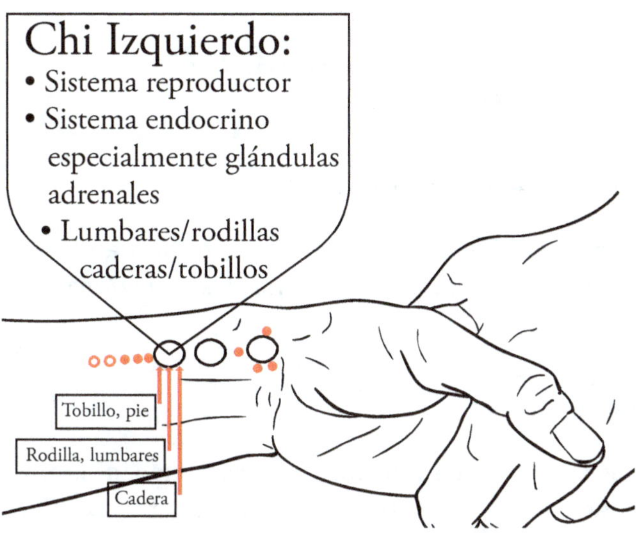

Posición del pulso Chi izquierdo y su correspondencia con el sistema reproductor, sistema endocrino (p. ej. glándulas adrenales), rodillas, cadera y tobillos

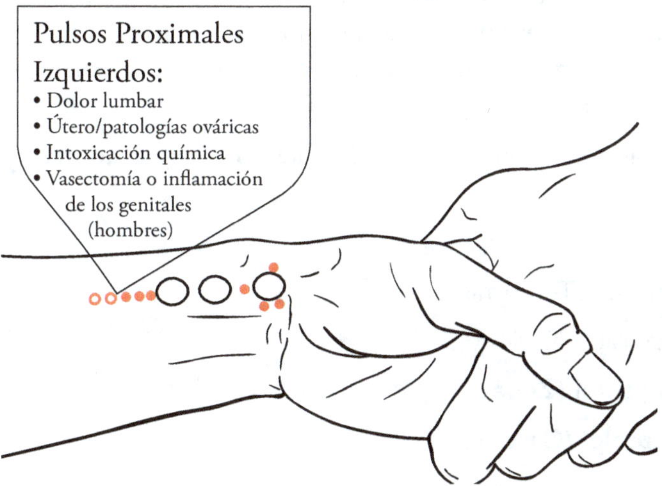

Posición del pulso Proximal izquierdo y su correspondencia con condiciones de la región lumbar, condiciones del útero/ovarios, intoxicación química, vasectomía y agrandamiento de la próstata

Apéndice 2

Variabilidad en el Análisis del Pulso

Ciertas variaciones en el pulso son posibles en respuesta al uso de fármacos, drogas, estadios emocionales, constitución del paciente y otros factores.

Fármacos

Es bien sabido que muchos fármacos pueden alterar la función o provocar daño a los sistemas y órganos internos. Por tanto, hay variaciones en el pulso que ocurren debido al uso de fármacos. Clínicamente, el único fármaco que provoca información falsa de manera consistente es con pacientes que emplean Betabloqueantes. Este medicamento artificialmente ralentizará el pulso, pudiendo llevar a una información falsa de condiciones de Frío o de Insuficiencia. Es necesario preguntar si el paciente está tomando esta medicación cuando los signos/síntomas generales que presenta el paciente no cuadran con la lentitud del pulso.

Los Betabloqueantes más habituales pueden encontrarse en la siguiente lista:

- Acebutolol (Sectral)

- Atenolol (Tenormin)

- Betaxolol (Kerlone)

- Bisoprolol (Zebeta)

- Carteolol (Cartrol)

- Carvelidol (Coreg)

- Esmolol Clorhidrato (Brevibloc)

- Metoprolol (Lopressor, Toprol-XL)

- Sulfato de Penbutolol (Levatol)

- Nadolol (Corgard)

- Nebivolol (Bystolic)

- Pindolol (Visken)

- Propranolol (Inderal, InnoPran)

- Timolol

- Sotalol

Referencias

Anzaldua, D. (2010). An Acupuncturist's Guide to Medical Red Flags & Referrals. Boulder, CO: Blue Poppy Press.

Beers, M. H. (2006). The Merck Manual. (T. V. Jones & R. S. Porter, Eds.) (18th ed.). Kenilworth, NJ: Merck.

Benjamin, E. J., Blaha, M. J., Chiuve, S. E., Cushman, M., Das, S. R., Deo, R., … Muntner, P. (2017). Heart Disease and Stroke Statistics 2017 Update: A Report from the American Heart Association. Circulation (Vol. 135).

Center for Disease Control: Heart Disease and Stroke Cost America Nearly $1 Billion a Day in Medical Costs, Lost Productivity. (n.d.). Retrieved March 12, 2017, from http://www.cdcfoundation.org/%0Apr/20   15/heart-disease-and-stroke-cost-america-nearly-1-billion-daymedical-%0Acosts-lost-productivity

Chang, J. (1995). Pulsynergy: A Pulse Diagnosis Manual. (n.p.): Author.

Cleveland Clinic Team. (n.d.). 22 Amazing Facts About Your Heart. Retrieved August 2, 2016, from https://health.clevelandclinic.org/2016/08/22-amazing-facts-about-your-heart-infographic

Dharmananda, S. (n.d.). The Significance of Pulse Diagnosis in the Modern Practice of Chinese Medicine. Retrieved March 12, 2017, from http://www.itmonline.org/arts/pulse.htm

Flaws, B. (2006). The Classic of Difficulties: A Translation of the Nan jing. Boulder, CO: Blue Poppy Press.

Hsu, E. (2010). Pulse Diagnosis in Early Chinese Medicine: The Telling Touch. Cambridge: Cambridge University Press.

Lowe, G. D. O., Lee, A. J., Rumley, A., Price, J. F., & Fowkes, F. G. R. (1997). Blood Viscosity and Risk of Cardiovascular Events: The Edinburgh Artery Study. British Journal of Haematology, 96(1), 168–173. https://doi.org/10.1046/j.1365-2141.1997.8532481.x

Mozaffarian, D., Benjamin, E. J., Go, A. S., Arnett, D. K., Blaha, M. J., Cushman, M., ... Turner, M. B. (2015). Heart Disease and Stroke Statistics-2015 Update : A Report from the American Heart Association. Circulation (Vol. 131).

Nayor, M., Enserro, D. M., Vasan, R. S., & Xanthakis, V. (2016). Cardiovascular Health Status and Incidence of Heart Failure in the Framingham Offspring Study. Circulation Heart Failure, 9(1), 29–322.

Neeb, G. R. (2006). Blood Stasis: China's Classical Concept in Modern Medicine. London: Churchill Livingstone;

Saladin, K. (2004). Anatomy & Physiology: The Unity of Form and Function (3rd ed.). New York, NY: McGraw-Hill Education.

Shen-Qing, L., & Morris, W. (2011). Li Shi-Zhen's Pulse Studies: An Illustrated Guide. Bejing: People's Medical Publishing House.

Shu-He Wang, & Shou-Zhong, Y. (1997). The Pulse Classic: A Translation of the Mai jing. Boulder, CO: Blue Poppy Press.

Unschuld, P. U. (2016). Nan Jing: The Classic of Difficult Issues (2nd ed.). (n.p.): University of California Press.

Walsh, S., & King, E. (2007). Pulse Diagnosis: A Clinical Guide. London: Churchill Livingstone.